甘霖集

蒋业松⊙著

在这个纷繁的世界里，
爱情如同一朵娇艳的花，
历经风雨，依然绽放，
诉说着永恒的誓言。

中国文联出版社

图书在版编目（CIP）数据

甘霖集 / 蒋业松著 . -- 北京 ： 中国文联出版社，
2025. 1. -- ISBN 978-7-5190-5753-4

Ⅰ . Ⅰ267

中国国家版本馆 CIP 数据核字第 2024QG0611 号

甘 霖 集

GAN LIN JI

作　　者	蒋业松
责任编辑	王小陶
责任校对	秀点校对

出版发行　中国文联出版社有限公司

社　　址　北京市朝阳区农展馆南里 10 号　邮编　100125

电　　话　010-85923025（发行部）　　010-85923091（总编室）

经　　销　全国新华书店等

印　　刷　河北赛文印刷有限公司

开　　本　880 毫米 ×1230 毫米　　1/32

印　　张　7.5

字　　数　131 千字

版　　次　2025 年 1 月第 1 版第 1 次印刷

定　　价　42.00 元

云 中 的 神 (代序)

一片洁白的云朵飘到了我的眼前，
中间端坐着慈祥仁爱的观世音，
旁边站立着清瘦秀雅的小仙姑，
仙姑托着装有天溪甘霖的花瓶。

她清澈如水的眼睛平静地看着我，
一丝微风从她的身前拂过，
送来缕缕清凉。

"他是你世间要帮助的人，
你要用我的滋养真善美的甘霖，
来浇灌他的心田，
让他在世间萌发与开放真善美的花朵，
你是他要找的对象，
你们通过神圣的爱而结合在一起，
共同开创美好的奇妙的人生，
把真善美的精神与灵魂播撒人世间。"

她，嘴唇动了动：
"他，这么粗陋，
能承担传播真善美的重任？"

仙姑笑了：
"人不能只看外貌，
要看内心。
这家伙有幸得到了，
我曾经撒下的真善美的种子，
他善良、忠厚与倔强，
不会违背心中的信念。"

"好吧，
那我就下去见他。"

飘飘荡荡地，一股清风徐徐而来，
她高傲，盛气凌人，
眼斜睨着我。
我怔怔地退后几步，
有点呆傻地瞪着她。

我们彼此交流着，
深入地了解着对方，
其间，她还是免不了任性、随意，
忍不住地捉弄着我。

我无奈地摊摊手，

她，

转了个身，

离开了我，

消失在茫茫的夜幕中……

从此，我的心中，

常常浮现出一片依然祥和的云朵。

那是神的言语，字字珠玑，

像闪烁的星星，

又像丝丝雨露，

纷纷坠落，

落在了我干枯的心田……

目　录

恋　爱

幻　想

目
录

失 恋

释　怀

恋

爱

你 来 了

宁静单调的薄雾里，树梢间，清风飘拂，
像神仙诞生第一个生命一样，
毫无告知地，
你来了，
打破了沉沉的固化的一切。

开天辟地，大地一下子锦绣绚丽起来，
生命、希望、创造、幸福，汩汩地翻涌着绚丽的浪花，
梦幻、美妙，捉摸不透的无尽的甜蜜溢满周身。

这都不算重要，
你的出现，
这才是重点。
给我一个暗示与警醒：
必须抓住，不可放弃！

生命只有一次机会，
生命只是特定时空里的唯一存在，

它决定了存亡与高下，
丢掉了，生命也就偏离了正常与美好。

生命给了我们双手，
那就勇敢地抓取我们生命之本的唯一吧！
生命就在这些物质的滋润下美丽与豪迈地生发！

有她的日子

有她的日子，
太阳总是和煦明媚温暖，
再冷飕的风儿也失去了寒意。

有她的日子，
美的光芒总是四处乱迸，
爱的劲力总是没来由地横生。

有她的日子，
时间总是那么弥足珍贵，
生活总是那么神秘迷幻。

有她的日子，

生命像呱呱坠地的婴儿般新鲜新奇又生机勃勃，
心里像揣着无数的激情和热烈的幻梦，遐想无限。

有她的日子，
所过的每一天都是神仙的生活，
每时每刻都浸泡在幸福的爱海里。

有她的日子，
存在是如此令人珍重，
真想把有她的日子固定下来，
永久保存在我的心里、我的世界里！

幸福之源

昏黄的夕阳下，
淡淡的薄云稀松地飘浮，
清冷的风送来阵阵的寒意，
但眼前却浮现出了姗姗来迟的清秀面容的她，
一切灰暗瞬时荡然无存！

是的，有了她，

我的世界便有了光明、温暖，
幸福暖流便从心里汩汩涌出，流遍周身！

什么美的环境都比不上她出现时的环境，
什么新鲜的气息都掩盖不了她精灵般的气息，
什么闲情逸致都推移不了我心目中她的倩影。

哦，人生原来是有这么大的吸引力蕴藏着的啊！
人生这么空空荡荡原来是在等另一个人的出现啊！

哦，感谢伟大崇高的天地与时间吧！
是你们让她出现在我的生活中，
进入我的心中，
成为我生命的支柱与核心，
还让她将来自天堂的幸福之泉流灌给了我。

真正的美丽的世界

世界广阔无边，
世界七色缤纷，
世界孕育无限生机。

但有一个物，推翻了世界的狂，
湮没了世界所有的奇妙的美丽景象，
完全覆盖了世界蕴藏的一切天然的生机，
眼前的世界在她的轻轻触碰下羞涩地一下子就没了踪影。

这个物，就是我心中的她，
这个她，直接将我之前的世界秒没了，
这个她，直接占据了我的生活，
这个她，从此将我与她变成了一个大大的永远的整体，
丝丝成长，润润发展，持续壮大。

于是，现在的我的世界，
一切向着她，追着她，也围着她，
一切的时空里，离不开她的光，她的热，她的感召，她的情，
一切的行动便有了唯一不变的方向与永久强韧的力。

在我的世界里，
只有天河边的女神才是我最向往、最尊敬和最崇拜的人，
毫无疑问，现在她就是我在人间世界里的女神了，
——已经深深扎在我心坎里的女神。

她，就如仙女一样光芒照耀着我，
又像明灯一般指引着泥沼里的我，
她，是我生命物质领域里的唯一滋养物，
是我精神领域里豪迈的志向，理想的催化剂。

看到了她，我就看到了美妙的天堂，

看到了她，我就感受到了生命的蓬勃跃动，

看到了她，我的手就被真、善、美的绵绵绳索牢牢地拴住了。

与她在一起，生命才会放出真正的夺目光彩，

与她在一起，生命才真正具有实实在在的意义与价值，

与她在一起，生命才不虚此行，

与她在一起，我的世界与她的世界才能相得益彰，大放异彩，

与她在一起，真正的美丽的世界才开始。

融进生活里

自从她出现，

带着甜蜜的笑出现在我的生活里，

从此，我的心中便深深地刻下了她的影子，

她融进了我的整个世界——物质与精神中。

我的眼前总是闪烁着她的模样，

当我独自一个人徜徉在大自然的怀抱中，

感受绿色的召唤时，

她的音容笑貌便自然映入了我的眼帘，

当我独坐高坡沉思时，

她欢快的神态又跃进我的思绪。

看到明媚的太阳，
想到了她；
沐浴在清新的春风里，
又想到了她；
喜庆热闹的氛围里，
她无声悄然地出现，
给我增添了新的欢乐；
繁乱无绪的思绪里，
她的及时出现，
给了我清醒和方向。

她不是神，
也很平常，平凡与普通，
但在我的心中，
她就是美丽的女神，
伟大、智慧又闪亮，
她就是滋润我身心的最完美的女神!

自从人生里有了她，
她的一切便深深地融进我的心，
伴我成长，促我奋进，
推我走向幸福，走向辉煌，
走向美妙的未来。

我 的 时 间

我感到生命无比珍贵，
我感到时间是无价之宝。

我发觉我的生命，
是这般精彩、美妙和辉煌，
我的生命里已融进她。

我的生活匆匆又劳累，
但我却加倍珍惜时间了，
哪怕是挤也要挤出时间来提升自己了。

人生难得，
美爱更稀，
抓住追求吧。

茁壮、美好地生活着，
奋斗、创造，实现灿烂的事业吧!
求取、获得，吮吸着属于自己的幸福蜜汁吧!

存在着，进取着，
生活着，美妙地追求着，
活一世，不虚度，
对得起对美的追求！

辉煌的时光

我生活在辉煌的时光里，
我生活在有她的时光里，
有她的时光就是我的辉煌时光。

有她在我的生活里，
我就有了无数激情的希望的火花，
以及铺天盖地的闪亮的美的花朵，
同时，我更加努力地奋斗，
——更多地为社会奉献，
——更多地打败黑暗与邪恶。

有她在我的世界里，
我能看到天堂里绝色的仙女的模样，
我能看到现实层层迷雾里真爱的真面目，
我也能领悟到人生最本质的价值。

有她的时光里，

我的思绪万千，

灵感火山般喷发，

我的捕捉美的笔连续地工作，

我的生活里满是纯洁的高尚的思想，

她擦亮了我洞悉世界发展的本质的眼睛，

她打开了我创造美的大门，

她带给我的是美妙的情愫，

以及丰硕的事业，

她给我的生命带来辉煌和芳香。

亿万次地等

在宇宙茫茫的时空里，

亿万次的岁月的波涛翻滚里，

时光的巨轮终于来到了现在的境地，

我被推到了当今时代。

又经过多少的千山万水峰峦叠嶂的翻越，

我终于来到了现在的地方。

重重的风雨，沧桑的世事，纷繁变幻，

穿越了过眼云烟的各色人等的闪现后，

在不知多少次地品尝了，

平凡和伟大，美丽和丑陋后，

在生活的大浪中不屈不挠地争取后，

在亿万次的世事变幻，考验后，

终于迎来了人生的这个春天，

我终于等到了你，

等到了上天经过亿万次的斟酌酝酿后的

——你我相遇相知相爱也将相融的机会。

这么亿万次才得到的机会，

我只做一件事：

永远爱着你，

用我的心，我的身，用我的整个生命，

——来地老天荒地爱着你！

她收了我的心

自从她进入了我的生活里，

我的心就飞出了我的身体，

进入了她的身体，

——她收了我的心。

从此，不管她出不出现在我的眼前，

我的心坎里总是飘出她的样子，

——有微笑的样子，

——有柔声细语的样子，

——还有娇羞的样子。

也从此，我的生活就被她主宰了，

闲暇中她的影子来看我了，

游逛与欣赏自然美景时她的容貌也浮现了，

无论是疲惫时，

还是心宽明亮时，

她就像女神一般从天而降，

给我滋润的甘露，

与纤细的心灵的抚慰。

此时，我才深刻地明白，

我的心放在她那儿还真好，

从此后，我的生活都离不开美好了，

我的奋斗状态也永远火热，朝气蓬勃，

——我的心找到归宿了，

——我的生活安稳与幸福了，

——我的一切达到了最美最好的顶峰了。

我 爱 你

我爱你，
只会凭着一腔热血，
与真挚的爱你之心，
我不仅仅会喜欢你外在的容貌，
更喜欢你的善良、温柔、贤惠的心。

我爱你，
并不会考虑你的地位、权势或背后的财富，
也不会看重你的青春靓丽的神采，
我只会在意你是不是愿与我风雨同行，
同我一起向人类奉献一切。

我爱你，
你是我心中理想的偶像，
无论什么都不能阻止我追你的决心。
不管你是多么高不可攀，
或是我多么破落不堪，
还是你多么普通和平凡，
我唯一在意的就是：

——你是不是爱神赐予我的那位，

是的话，

我就一言不发地只是追你。

我爱你，

那一定是女神点头，

也一定是我心中认定了的，

你身外的一切都是淡淡的浮云，

我一定会用我的滚烫的心、纯真的情，

以及伟大崇高的理想志向来追求你，

我一定会用我的整个生命来疼爱你。

搞 不 懂

这个世界很奇妙，

奇妙之处就在于，

有些事情除了心甘情愿或鬼使神差地去做之外，

就不要明白其中的原因了，

因为你根本就不知道这个原因，

就如数学中的公理一样只有接受的份儿。

现在，我发觉我对她的爱就是这样，

我只有一门心思地去爱她，

不要问为什么，

因为我自己也搞不明白，

我明知道她也是平常的、普通的人，

但她这平凡的一切投到我的心里，

却惊天动地般地改变了我平静的心态，

——她就是美丽、圣洁、优秀又贤惠的人。

爱一个人，不需要理由，

爱这个人后，

这个人就成了美丽的公主，

——不需要理由，

——也不需要搞明白原因，

人生中这些搞不明白的事应该还有，

搞不明白，就算了，

只要能幸福长久就行了。

如果时间可以

如果时间可以固定住，

那么我将第一个固定的就是，

我与她的相遇相识的时刻，
我与她的相知相爱的时光，
以及她的无意间撞见我时的微笑瞬间！

如果时间可以倒退，
我将倒退回与她同生的时空里，
这样我就能与她同学同长同成才，
我也能时时刻刻地爱护着她了！

如果时间可以打结，
那么我将把我整个生命的时间与她生命的时间，
牢牢地打成一个死结，
不管世界风吹雨打、电闪雷鸣，
在这个我宁愿一辈子都不动半步的纽带上，
像太阳朝升夕落那般规律地
稳稳地永远拥着我心爱的她！

但我知道，
这所有的如果都是空蒙的幻想，
都是无望的精神慰藉与寄托，
但只要她接受了我，
那一切就不需要这般忧伤地幻想了。
如果能得到她的爱，
这一切的如果就等于成了真！

等着智慧的她的最后结果吧，
但我对她追求的脚步绝不停止，
就如我对美丽的理想的追求一样，
绝不停止！

比 不 上

在这个世界上，
毫无疑问，
谁也比不上她。

比不上她的外在美，
比不上她的内在美，
更比不上她专给我的完整的美！

在这个世界上，
毫无疑问，
任何事物也比不上她，
比不上她的美丽对我的滋养；
任何事物也比不上她，
比不上她对我的激励！

恋
爱

毫无疑问，

就是把整个世界有价值的和闪光的，

一切拿来，

都换不来我的一个她。

在空蒙的宇宙中，

我宁愿不要这个世界，

也不愿放弃她！

她 的 世 界

她的世界，

对普通人来说，是平凡的，

但是她的世界一旦注入某人的爱之后，

那么，对于这个男人来说，

她的世界就是美妙绝伦的，

无可替代，无与伦比的；

她的世界就是最大的世界，

最幸福最完美的世界！

她的世界对无关的人来说，

草芥一般，无足轻重；

但对爱她的人来说，

则重如泰山。

他什么都可抛弃，

但唯独她不可弃去，

她的世界就是他的精神支柱，

失去了她，

也就失去了整个世界！

她的世界，

永远处于太阳升起的地方，

光彩万丈，芳香四溢，

腾起的气息发出神一样的光彩，

它只能养一个爱她的男人，

它独一无二，只属于那个爱她的男人，

它比天大，比地广，

比女神美丽，

它是爱她的男人的一切，

它是美好的全部，

是男人的生生不息的生命。

她的世界，

总是拴着这个男人的心，

那个男人从此就走不出她的世界。

小 心 眼

每个人的心有时大有时小，
就我来说，
在为人民奉献的伟大的事业上，
我毫无保留，愿付全部身心，
此时，我的心是无限宽广的。

当然，我也有心不宽广的时候，
在生活的开支上，
可能是以前经济的不宽裕，
但即使以后我有了丰裕的物质财富，
在物质生活的消费上，
我将依然不挥霍浪费，
小心眼依然是主流。

但是，
真正的小心眼，
那就是——我爱她，
在我爱恋我心上的她的事情上。
我一点一滴也容不得外事的进入，
我一点一毫也容不得外物的干扰，

更是一丝一毫也容不得外人的干涉与破坏。

在爱她的世界里，

我只允许我一个人的影子与身心，

我不允许有一点点外界的风雨或灰尘存在。

看 到 她（一）

看到她，

一个问题跃入脑海：

"这个世上还有一个未知的世界！

我就想要知道与拥有这个世界！"

看到她，

一个念头刻进心田：

"这个世上还有一个我要开垦的世界，

我要让她如花开放，

我要让她美丽与幸福，

我要与她一同建设这个世界！"

看到她，

我的世界顿时缩小了，

缩小到仅有我与她，

而且我的身与心只有了，
急不可耐地要与她融合的激情！

看到她，
我的世界顿时凝固起来，
凝固在我拥抱她的时刻与场合，
凝固在我与她相爱的永恒瞬间！

看 到 她（二）

看到她，
我就有一种感觉：
世界开始陌生了，
还有很多东西不懂，
还有很多精彩未看到。

看到她，
我像小学生对知识充满渴望，
世界充满了太多的新鲜和好奇，
它正等着我开拓创造——

看到她，

我就有一种被巨大的力量推动着的感觉，

这力量不由分说，径直将我推向鲜花盛开的真善美境界。

看到她，

我就有一种欠缺之感，

又有一种需要她的感觉，

这种感觉每次都有，

似乎永远也不会消失。

看到她，

犹如女神在拉我，

送我进入无忧无虑的自由又甜蜜的天堂，

——她，真的是我的女神！

爱，是一种末路狂奔态

我，天生就像是欠了她东西一样，

见到她，就像被逼债一样，

撒开腿就跑，

而她，就像一点亏都不能吃一样，

拼了命地在我的后面追。

爱，一定就是我欠了她的情债，

在她面前，

我天生一无所有，

她天生就有我没有的，

我通过上天之手从她那儿得到后，

由于我天生没得还，

也就不想还了，

可她一点也不饶过我，

于是，遇到她后，

只好没命般地逃跑，

用尽了全部的力气、智力。

但她天生富足的出身造就了坚忍的体质，

我眼睁睁地看着她追我越来越近了，

我急啊，

我哪里能够偿还她啊……

我气喘吁吁，也渐力竭，

到底怎么办啊……

我无可奈何，

谁叫我在她面前天生缺理呢，

我突然猛一转身，

再一张开双臂，

——我不跑了，

一下子，紧紧地，火花四射地抱住了她，

——你看着办吧，

——我只有用我的身与心来还你了……

想不到吧，

爱的极点，

竟然是一种末路狂奔的无赖之态……

美　质

我要日日夜夜地伴着她，

我要时时刻刻地注视着她，

我要一时一刻不荒废地呵护着她，

我要一有时间就围着她转，

——我要看看她到底美在哪里！

——我要看看她吸引我的根源到底在哪里！

说真的，一辈子看她都看不够，

一辈子呵护她都呵护不完，

真的，一辈子爱她、疼她、入心、入骨

都不能尽我的心、尽我的力、尽我的情与尽我的爱！

她的身心熠熠闪光，

她的身心是晶莹剔透的美质！

27

找一个角落

在即将到来的春花烂漫的季节里，
明媚的太阳光啊真是太耀眼了，
让人的眼睛难以睁开，
即使睁开了，眼前也是布满了迷惑与纷扰。

这时啊，我开始高兴了，
"趁着上天的眼神迷离啊。"
我悄声地对她说道，
接着，不由分说地紧紧地拉住了她的手，
——我曾经拉过的，心心念念地就想着再拉的手，
"找一个无人知晓的寂静的角落吧——"
我附在她的耳边轻轻地说着，
那柔柔的声调连我心都有些发酥……

"是的，找一个只属于我们两个人的角落吧，
我有很多话要对你说。"
——她认真又急切的语气，
伴着直面着我的幽婉的面容。

"是的，找一个隐藏于花丛中的角落吧，

找一个蜜蜂嗡嗡作响的角落吧，

找一个小溪涓涓流水的静谧的角落吧，

我要把我憋得太久、太多、太忧伤的话儿对你说，

我要把我对你的爱、情、血、泪与思向你倾诉，

我要把女神赋予你的要给我的你的心、爱、情与热，

统统收纳，

我要将我们紧紧地拴在一起。

"从此，永不分开，

从此，就在这个角落，

不声不响，幕天席地，

栉风沐雨，与日月同辉，

在自然的自由、美妙的怀抱里，

丝丝地萌发我们的爱之苗，

让它在天地的护佑下和真善美的雨露中，

开花结果——"

恋

爱

爱 与 公 理

科学是严谨的，
数学属于科学，
但是，我也知道，
数学有时也是不讲道理的。
这个事实告诉我们：
很多很严肃又庄严重要的事情，
有时也有讲不出道理或理由的地方，
而且这些地方往往又是起着重要的作用。

由此，我进一步地延伸了此事，
想到了与之类似的事情，
那就是爱。
真的，爱，也是讲不出道理的事，
就是看了对方之后，
就被天然的吸引力吸引了，
这个力来自哪里？
——不知道。

我对她的爱，也是如此，

我说不清她的美与好在哪里，

但是凭此叫我不爱她，

又是不可能的，

就算她平凡，甚至有缺陷，

——我都依然爱着她，不放弃她。

爱她，对我来说，就真的如公理一样：

承认就好，没有为什么，

反正有她在，

就认定爱她了，

就像太阳为什么从东边出

而不从西边出一样。

如 火 的 爱

这个世界上，

有一个如火的爱，

一旦产生了这个爱，

这个人的身心便像被烧着了一样，

——狂暴，激烈，又炽热，

而且，还长久地持续下去，

爱不尽，火不灭。

一想起她来，
我的心头便如靠在了太阳的脸上，
熊熊的思念的火苗噼里啪啦地作响，
就像世界在我的眼前复始一样，
一切都是重新开始，焕发新貌——

我的身心不由自主地就想走向她，拥有她，
这股力量就如地球围绕着太阳转一样，
她就真如太阳一样光芒万丈地照耀着我，
而我的身心就像地球上的绿色植物一样
永远向着她，依赖着她。

爱，是不是在火中产生，不得知，
但是，爱的过程一定是在火中进行的，
因此，当一旦冷静下来时，
爱，一定受到伤害了。

可是，我对她的爱，
虽然受过一丝伤害，
但是终究还没有冷却下来，
现在，又没来由地旺了起来，
大概，自信给了我勇气，
而自信也是来自这美丽曲折的爱。

这爱，是我的生命之花，

是我人生事业的火爆之源，
也是我的生活美好的基础。
这爱，是火主宰的，
那么，就让这爱火主宰我现在与今后的人生吧！
让我在爱的火苗中持久地拥有着她吧！
让这样的火在我的世界与天地间永放光芒，
热力四射吧！

我跨越万水千山来爱你

我跨越万水千山来爱你，
走过了漫长的路程，
从不停下一步、喘一口气，
经过了漫长的春夏秋冬，
也从不停下数一数到底经历了多少个轮回，
因为我怕这短暂的停留也会耽误我的行程，
我怕迟到一步而错失机缘。

我跨越万水千山来爱你，
这是天神赐予我的宝贵礼物，
我日夜兼程，风雨无阻，
憔悴黝黑，又伤痕累累，

上天也有些看不下去我的疯狂，
派来使者婉转劝休，
而我气喘吁吁地只问一句：
"你敢保证她还在那里等我吗？"……

我跨越万水千山来爱你，
世间的一切阻碍都是徒劳无益的，
我的汗水辛苦消灭一切的牵绊和磕碰，
为了这个上天给予我的伟大目标与任务，
我的生活就是马不停蹄地来找你、爱你，
我的心里与眼里就只有唯一的一件事：

我跨越万水千山来找你，
我跨越万水千山来爱你，
我一定要来到你的身边，
然后与你一起迎接太阳的笑脸——

我 的 世 界

我的世界，可以翻天覆地，
我的世界，可以电闪雷鸣，

我的世界，可以推倒重来，

我的世界，可以改天换地，

为什么会这么乾坤大颠倒呢？

因为我的世界有一个杠杆，

只要轻轻一点拨，

就会轰隆隆地发生剧烈翻转。

那么，我的世界的杠杆支点在哪儿呢？

我的世界，什么我都不在乎，

但只在乎一个人，

只在乎一个她，

她的任何风吹草动，

都会引起我内心的巨大震颤，

——她就是我的世界的杠杆支点，

我的世界都一直被她的弱不禁风的情丝支点牵绊。

只要她的爱给我，

只要她的身心与我在一起，

那么，我的世界将强壮无比，

我的世界将稳固无比，

——因为，这个杠杆支点已落在我的手中！

恋
爱

我眼中的她

我眼中的她，
不是凡人，而是美神，
她的整个人、身心，
都不是凡体，而是圣物。

我眼中的她，
像阳光下的天堂里的鲜花，
浑身都散发着智慧的光彩，
她是我心中灵动的宝。

我眼中的她，
没有一丝丝凡间的普通、庸俗与缺点，
她的一举一动、一言一行，
都是圣母般高洁、雅致与庄重。

我眼中的她，
就是一个移动中的神，
她的思想、行动，
都闪烁着美的光芒、爱的热力、智慧的灵魂。

我眼中的她，
每一片肌肤，每一个细胞，
都是我的冒火的心田的甘露，
有了她，我才能生长与发展。

我眼中的她，
与阳光、志向、热血一同进入我的身心，
她是我的根、我的宝、我的生命仙丹，
有了她的滋润，我才会大放光彩，收获硕果累累。

代 言 人

拥有生命，
是多么美好的事情啊！
可以看到美丽的世界，
尝到沁人心脾的生活中的美味与情感，
更可以得到最心疼的美妙的爱情。

生活对人，
时时处处都散发着醉人的众多的诱惑，
刺激着我们疯狂地奋斗，豪迈地追求，

人生，真是一个浪漫而充实的过程。

这个世界有太多繁复的美好的东西，
这些东西在我们的眼前，
如星星般可望而不可即地跳跃着，
指引着我们，
可是又羞于直面我们热火的眼……

于是，众多美好的东西，
通过神灵的手，
从天堂里涓涓细流地泻到人世间，
落在了一个个具体的凡人身上，
这些人就成了神的代言人，
传达了神的一切旨意与愿望。

我的生活中就有一个代言人，
——她就是爱神的代言人，
看到了她，
我就如看到了美丽的爱神；
看到了她，
我就如顽皮的孩童被天使教化了，
——仰头，宁静，凝视着。

看到了她，
我就如站在威严的上天面前，

恭听着他的关于爱的教诲与指令。

我想，今后，
如果能够与她在一起，
那么我的人生如太阳般闪耀，
我的人生也将如神一样地心想事成，
生命太幸福，太值了！

她带给我的

她，是我的爱，
是天，是神，是我的梦寐以求。
从而，她一来到我的眼前，
就带给我与常人不一样的感受，
——尽是令我心灵震撼的东西。

她出现在我的眼里，
我的眼里立马闪现出天堂里仙女的模样，
没有一丝严肃与冷漠之态，
有的只是淡淡的轻柔的情愫……

她立在我的面前时，

端庄、恬静、清秀的样子，
使我不由得像遇见了矜持的爱神，
灵动的眼睛里闪动着爱的真谛之光……

她，在我的生活里，
带给我的只是美的真容，
爱的温情与妩媚，
以及女神的真善美的灵魂……

我世界里的她

我世界里的她，
并非住在人间，
而是住在天堂，
上天的地盘里。

我世界里的她，
并非世间凡体，
而是仙女般的圣物，
——高贵、纯洁又典雅。

我世界里的她，
是我生命的物质营养与精神宝藏，
是我生存的基础，
是我奋斗的伟大目标之一。

我世界里的她，
我必须追求与拥有她，
否则，我将上愧于天，
下愧于男子汉的身。

我世界里有她，
我知道必须靠这些来追她：
我要有为真理、正义、美好的目标
而奋斗的思想，
我要有同狡猾的魔鬼作不屈斗争的
强大的气魄，
我要有永远奉献社会的行动。

我就是靠着这些一直在追求着，
——我世界里的她，
她是我奋斗的目标与靠山！

只 有 她

我知道，
我有眼睛，
发现美与爱的眼睛。

但是，
同时，
我又知道，
只有她，
才能激发我的眼睛闪光。

发现与捕捉到美与爱的影子，
记录与装在诗的篮子里，
我乐此不疲，
不停不息，
左摇右摆。

连神明都不得不为我
对她的执着的爱而点赞！

可是，对于她的年轻，

我有时，
也无奈：
现实让我遇上她，
神让我的眼睛落在她身上，
世界让我的篮子丰满了。

被耽误的世界

之前，生活在这个世界，
如两眼睡意蒙眬，
半醒半迷之态，
不知道，这个世界，
还有很多很美、很好、很纯、很亮的东西存在。

直至，遇上她之后，
我才知道，这个世界，
竟然还有
很多美妙、宝贵与值得万分珍惜的东西。

她，虽然平凡、普通、质朴，
但是，她带给了我
世界的另一个画面：
纯自然的、清新的，

一元复始，
自由烂漫的春的风景。

看到她，
我感觉到，
我的世界，
有一股天然的力量，
在推动着我，
走向美丽的新奇的天堂，
——女神的娇羞的爱的殿堂。

面对她，
我只感到，
以前，
我麻木与糊涂地活着，
我被耽误了大好的青春时光，
浪费了绝佳的自然美景与资源，
辜负了生命的历程的精彩之处。

因此，从现在开始，
我要一分一秒地认真地度过，
我要一步一步地迈向她的地方，
我空乏、焦灼又疲倦的身心啊，
只需要她的来自天堂神灵的
滋润我的甘霖啊！

爱 的 时 光

油然地，我发觉，
金色的时光，
多么灿烂，
光辉点点，
这还不够，
时光，就像骄阳下的大海，
那如海水翻涌般的时光里，
充满了很多闪亮的东西啊，
那些东西啊，
彼此间啊，
都有着千丝万缕的联系，
伟大而神圣的力量啊，
——涌动在其里！

啊，时光，美丽的时光啊，
你的美丽，你的光芒的根源，
终于被我找到了啊，
原来，时光之海里啊，
充满着娇羞万般的爱啊！

啊，我真想做一个"无赖"啊，

赖在你的温情柔波里，

任凭现实的风吹雨打啊都不移不走，

当然，我也知道，

作为对你滋养我的回报，

我会一刻不停地，

挥汗如雨地，

开拓你的世界，

发展壮大你的世界，

用真善美的火花，

照亮你的世界。

宝贵的时光

每个人都应该有自己的宝贵的时光，

在这个时光里，

阳光是明媚的，

月光是娇羞的，

工作是充满活力的，

且是有无尽兴趣与内容的，

而生活是甜蜜与滋润的。

此时，人们似乎已经知道了，

宝贵的时光在哪儿了，

对，宝贵的时光

——就在获得自己最爱的人的时光里！

如果与她在一起，

我的生命将焕发无限的生机、希望与可实现的梦想，

我的眼光将永远停留在美妙的田园般的景色里，

我的心将永远沉醉在幸福、满意与蜂蜜的汪洋里，

我的人生将如轰鸣的火车般——滚滚向前，

我的生命时光将饱满地闪烁着真善美的光芒，

我的整个人才第一次地、真正地，

体会到人生的价值，生命机缘的可贵，

以及生命的精彩。

与她在一起，

是我人生美丽时光的开始，

幸福甜蜜的开始，

辉煌伟大美妙的开始。

因此，尽力尽量地追求得到她，

就是我现在唯一的最大的艰苦奋斗之事，

我要将其融入生活中的每一个行动，

我要将其融入生活中的每一个事件，

一定要奋斗到见到她。

恋
爱

她带给我的

若能与她在一起，
那么，她带给我的，
自然是
我从来就没有的，
而且还是我急需的宝贵的东西。

同时，也是维护我生活正常的物质，
促进我生活奋发的物质。

另外，她也带给了我
新生的世界，
使我看到了世外天堂的美景。

当然，她带给我的并不仅仅是物质的，
也还有精神上的，
给我送来了汩汩的甜蜜的芳香的幸福情感，
给我送来了温馨醉人的生发真善美的仙人灵气。

若能与她在一起，

我就是生活在无忧无虑
硕果满地的伊甸园里了，
我就是与撒播鲜花的仙女生活在一起了。

若能与她生活在一起，
我就是个最幸运的人。
与真理最近，
与美、爱永伴，
与成功、阳光为伍，
与嫦娥、爱神成亲戚。

恋
爱

幻

想

只是在人群中多看了她一眼

我在盲目地走着，
看不见方向与目标，
有的只是空想与幻想，
我可能被人们嘲笑呆傻，
但我依然，
脚步不停歇——

我在向前流淌的时间小河里，
麻木地被生活驱驰着，
看着太阳，瞅着月亮，
愣愣地歪着头，
心里默念着：
"你还爱我吗？……"
一遍又一遍……

我在现实的风雨里，
一步一个脚印地向着她的方向前进，
我枯寂的内心，
痴痴地，心无旁骛地想着她，

喃喃的自语声，惊扰了好奇的旁观者，

他们伸头缩颈地假惺惺地问我：

"她都已经拒绝你几次了，

你咋还这么执拗地想追她呢？"

——我抹了一下脸上的雨水，

正了一下湿漉漉的衣领，

平静又坚定地朗声回答道：

"只是因为在人群中多看了她一眼！"

雪　人

昨天，飘了一天的雪，

多年不见的雪把大地描白了，

引来了一拨又一拨大人小孩的兴奋与新鲜感，

于是，现实中的实景便如雪花纷飞般地

投射到移动终端画面中，

整个世界好不热闹了一番，

此时此景，我的内心也闹腾了一下：

我与她漫步于这个细雪飘舞的世界里，

走着走着不知不觉中滑入润物细无声的童话世界里，

她侧着脸，问我："堆个雪人呗？"

我说："随你，我做帮手。"

于是，我为她滚来一个大雪球，

她左描右绘地雕琢着，

——她自然是心灵手巧之人，

堆雪人当然得心应手，

不消一刻，两个笑眯眯的雪人出来了，

——互相对视着，嬉笑着。

"做得不错嘛，真漂亮！"

——我脱口而出。

"那你知道这两个人是谁吗？"

——她停下来，随口问道。

"不知道！"——我顺口答道，

同时也划拉了一下被雪遮住的眼。

"呆子，这个戴红花的不是我吗？！

那个憨憨的就是你，你还不承认啊！"

——她狡猾地说道。

"哎哟，我还是一个帅哥呀，

感谢你的栽培、描绘与装扮啊！"

——我不无得意地对她说道……

如女神一般飘忽不定的你啊，

此时是不是也如我一样地沉思与神游啊……

来　吧

来吧，来到我的身边吧——
还有什么顾虑与疑问吗？

来吧，来到我的生活里吧——
在爱神面前，
现实中的一切束缚和羁绊，
都经不住爱手推敲。

来吧，走进我的身心里吧，
我对你的一切都是接纳的，
我心底里，
你依然是女神赐给我的爱的使者！

来吧，来温柔地安抚我吧，
我的世界是我们的天堂
——爱主宰的天堂，
我们经过世间风雨的考验，
通过了神灵布下的迷阵的测试，
最后，我们还是在终点相遇相爱相融了，

你还有些蒙吗？

——怀疑是不是梦境？

我真想用劲捏一下你的鼻子，

——但是，我舍不得，

我还是轻轻地揉一下你的脸吧，

"醒醒了，这是我的手，

——是我拉你的坚实的手啊！"

咱们走吧，

爱神还在远方等着我们的回信呢！

心 之 花

我的心田里有一粒女神播下的种子，

吮吸着我情感的源流，

沐浴着我思想的醇浆，

每天在太阳的照耀下，

有一天在我的心田破土而出。

它娇嫩、翠绿、柔弱又无力，

它油亮的叶片闪烁着，飘荡着，

就像她的眼睛一样。

我的心中有一株禾苗，

在时光的滋润下已经亭亭玉立，
每天和着自然的清风节奏，
在我的心中用乳莺般的嗓音哼唱着小曲，
给我送来阵阵温馨的泥土芳香气息，
那一摇一摆的天真神态，
就如她的一颦一笑。

我的心中不知不觉已经开了一朵花，
阳光下展开了七色的重重花瓣，
皎洁的月夜里给我的心头，
送来一拨拨天堂才有的鲜花的味道，
顺便也带来了爱神捎给我的话：
——她是你的世间真爱，
——追求她得到她吧！

从此，我的心中便有了
一朵长盛不衰的神力护佑的花，
它与我的生命同在，
它也时时联结着她的心，她的情，她对我的爱，
从此，我就
——源源不断地接收到来自天上和人间的清香和蜜露，
——源源不断地接收到爱的幸福，甘美的滋味，
同时，它也源源不断地将我向她推进，
——进入她的世界，
——我与她共同的美妙的爱的世界！

悄悄地问一声

阳光啊，像一张巨大的网，漫天撒开来，
罩在下面的春日的气息啊，
被掀起了一轮一轮的波浪，
绿色的树枝花草啊，
在这热闹的波浪里欢快地左摇右摆着，
风，像一个刚睡醒的精灵，
在树丛间悠闲地吞吐着气流。

大自然，这么热情高涨着，
于是，弱弱的我，在一个不起眼的拐角处，
伸出头，悄悄地，对着有些朗声的风，
小声地问一句：

"灵通的风神啊，
告诉我一下，
她开始接受我了吗？"

"她，现在，是不是有点爱我了？"
……

有些力道的风啊，
倏忽地在我的眼前扫了一下，
来了一个漂亮的甩尾，

幻
想

59

不知我的轻声言语，

在风的翻涌着春的有热度的气浪里，

是不是能带到风那端的她的耳边，

她是否能在美妙又和煦的春风里答应我呢……

俘　虏

我清醒又无奈地知道，

在某些情境下，

我做不了自己的主，

而成为一个由别人做主的俘虏了。

当我面对真爱时，

那美妙的轻盈的醉人芳香的真爱融进我的身心，

我不知不觉间就迷失了自我，

成了任爱主宰的俘虏了。

我相信爱神的安排，

我的内心之爱愿百分百地交给爱神来处理。

在风雨飘摇又春风拂面的世间，

当我面对清秀温柔的她时，

说老实话，

看到她第一眼，我的内心就绷不住了：

世间我就只在乎、只关注、只爱她一人了，
我的心、事业、生活与精神都只愿围着她一人而转动，
我的人生只愿由她来安排与主宰，
我愿在爱情生活里永远做她的俘虏。

我似乎丧失了自我，
但同时又与她合为一个大的结合体，
这个结合体是自然界里的美好的东西，
而它还会孕育产生新的美好的东西，
美好的东西便会薪火相传，光芒不息，
这就是平凡而伟大的爱，
在这样的爱里，两个相爱的人都是俘虏。

交给现实与时间吧

对她，对她的念、情和爱，
都是在不知的状态下，
凭我的幻想而产生的，
都是不考虑现实的、飘浮的东西，
对她的看法、态度、结果，
都交给现实与时间吧，
只有它们才能给出最终的结果。

无休止地，

我像个痴子般瞎撞；

没根没据地，

我像个骗子麻醉着自己；

柔软跌撞地，

我像一摊扶不上墙的烂泥，

在爱的泥沼中挣扎……

昏天黑地地，

我像走在无尽的时光隧道内，

看不见阳光与尽头……

机械般生活着，

像一匹瘦马拖着一辆沉重的大车，

一点一点地向前挪移着……

交给现实与时间吧，

这些本来就是它们的管辖之事。

我是向往如春天般地得到她的结果的，

但现实与时间却摆出了这么一个无奈无尽的场面，

我已经耗尽了我的一切精力、努力、真心、耐心，

我已经异常地疲倦、迷茫、张皇了，

对她，我已经再也聚不起信心、勇气、希望与热力了，

交给现实与时间吧，

我已经无能为力了……

她，像神一样光明？

她，像神一样我离不了？

她，像神一样刻在我的身上，挣不脱？

她，不是一个凡人？

她，与我真的纠缠不清吗？

交给现实与时间吧，

它们是世间一切大小事情的最终裁决者。

被 唤 醒

现在，我的爱——对她的爱，

已在明媚的春花烂漫的季节里，

沉入昏昏欲睡的境界里了，

——她在我的眼里开始变得印象模糊，

——对她的情已开始淡化了、清凉了，

——我们心中彼此的距离已越来越远了。

她曾经对我的感召与吸引的力度，

已经越来越弱了。

我对她放弃的念头，

已经不像之前的那么不可设想与抗拒了。

她在我心中，

已开始不清楚、不明晰起来了。

我对她的情已经沉入
之前陌生的无感觉的状态了，
我对她的一切似乎不产生什么感觉了，
我对她仅有的一丝情思，
已阻止不住我对她的困倦之意而产生睡意了，
——对她，我已产生不了什么兴趣，
——我只想休息，
让大脑放松，
让心境安静与冷静，
我不知道何时能醒，
当然，我也不怎么管它醒还是不醒。

但是，心底里，经过漫长的休息后，
我知道，我只在一种情况下才会被唤醒：
——她必须单纯地直直地向我走来，
——必须坚定稳重地一头扑向我，
——然后用力地不停地摇着我沉重的身躯，
轻声又沙哑地附在我的耳边说：
"亲爱的，我来了，
是迟了些，但我还是来了啊！
你要起来啊，
难道你就真的让我一人独自走下去吗？……"

对不起，没忍住

应该有这么一个时候，
我面对严峻的现实老翁，
他冷眼盯着我，且沉闷地说：
"你在爱她之前，
预计过现实中除爱之外的好处吗？"

"不，从来没有！
一切都是见到她时才发生的，
第一面我就失守了，倒下了，
真的，爱她，没忍住，
我真的就没有考虑过现实，
对不起，在爱面前，
真的就没有闪现过她现实的影子……

"我爱她，
纯粹是从本心出发，
从本真的爱出发，
我从未想过或比较过什么其他的方面或事情，
现在想来，

幻
想

我竟然还这么幸运，
我只能说这是天意，
我只是被天意驱使，
我没有办法控制自己，
见到她，
就像是你们与神灵计划好的要我这样啊，
——我根本就忍不住啊，
只有直直地机械般地走向她……"

多想爱到底

如果能够得到她的爱，
那么我就只有一个想法：
爱她爱到底！

什么才算爱到底呢？
我想最起码，
我的每一分每一秒都要陪伴着她，
我要带她游遍广阔天地里的绝色美景，
我要与她一同领略极境的寒冷，
——高处不胜寒。

其次，也是永远都是这样，

我与她一同埋头奉献，
完美的爱情应该创造最美最好的世界，
我们的希望就是尽最大的力量做好事，
回报爱神与世界。

而当每一个夜深人静的温馨时分，
我都要给我的她讲述一个个动人的笑话和趣事，
都要给她低声吟唱着一首首醉人的安眠曲，
让她在自由、畅快又迷离中与爱神相见，
当第二天的太阳刚刚吐白时，
我等收获满满的她快乐地醒来时，
悄悄地低声在她的耳边问一些问题：
爱神对我的表现还满意吗？
爱的真谛能透露一点吗？
我爱你爱神说爱到底了吗？……

迷魂汤和救世主

这个世界上，有很多事情，不太明白，
只知道像流水般不可抗拒地去做，
却不知为什么。

如爱，就是这样，

我只知道我说不清楚原因地爱着她，
她的气息、眼神、言语、举止等，
无不激起我无尽的火花，
她的一切都是我需要的，
她的平凡的一切都对我产生着不平凡的感觉，
她的一切都是好的、美的，
看到她，我就像被一股巨大的天力吸引着，
就是想要与她在一起，
就是离不开她。

她其实也并不是完美的、高才的，
但是在我心中、眼里，
却是完美的、优秀的，
任何女子都比不上的，
无论哪方面都看不出一点点的缺陷。

大概，爱，是一种迷魂汤吧，
它会使人迷糊，如醉眼蒙眬，
眼里看不清，心里搞不明白，
也无心和无时间搞明白这些了。

而爱人，则是这个混沌世界的救世主，
看着她，心定了，就知道要找她，
哪怕跌倒了，爬起来，
也还是要向她走去……

我　怕

我之前一直是一个很坚定的唯物主义者，
可是，在爱上，尤其是在失败的爱上，
得不到爱的一次次伤心结果，
令我胆小如鼠，自信失去，
甚至堕入了唯心主义的泥坑。

如我总是不敢想或类比这样的事，
之前我爱过的女孩都为她们写下诗篇，
但结果都是失败，
因此，现在我就害怕起来：
我也为她写下了很多的诗文，
可是对她的爱的结果啊，
是不是也还是终究失败呢？……
现在这就是我心里的一个不敢触碰的痛点。

虽然有时，我也有一点自信：
说不定很快，
我可能成功，光亮起来，
可能拉回她，

幻
想

但不可预料的现实打击，

和任性的她，

令我还是哑口，默然，低下了头……

无论如何，

我还是要追求成功，

这是我心中唯一能做的事了，

能不能得到她，我决定不了，

因此就不管了，

我能管的就是去做，

追求她和成功。

她与诗（一）

不知不觉间，

我已经为她写下了，

超过以前任何一个我爱的姑娘的诗篇了，

不过，有不少是在见不到她的面，

和被她伤害的情况下写的。

我总结了一下，

在我遇上她，

她在我的心里刻下了印象后，
我的诗就源源不断地产生了。
当然，有快乐的、美好的，
也有忧伤的、彷徨迷茫的。

我明白了：
只要她在我的心中，
那么，我的生命里就有了诗、梦想与未来，
她与诗，构成了我生命亮丽的风景与特质。

我为我的这两个特质而感到骄傲与自豪，
她与它都是我的最爱，
因为她与它都是生长于真善美土壤上的花朵。

不过，我也因此有些诚惶诚恐，
如果上天觉得我有些太过幸运的话，
那就请拿走我的诗吧，
取消我的可能耀目的成功吧！

但我只有一个请求：
把她给我！
无论什么情况下，
我都不会不要她的！

幻
想

她与诗（二）

如果，她能接受我的爱，
那么，我的世界是蓝色的，
生活是梦幻的，
眼里的世界啊，
时时处处，都飘荡着，
火花一样的美的景色，
那就是刺激我、震颤我的，
来自天堂的有着神的旨意的，
闪烁着真善美的灵感的，
我的漫天飞舞的诗啊！

只要她爱我，
哪怕是她的不经意的一个对我的睥睨，
对我都是一种巨大的爱的冲击啊！
我的灵敏又多感的心啊，
便迸发了连绵的串串的诗的光芒，
一丝丝的温暖的滋润的情啊，
便从我的身心里汩汩地漫了出来，
弥漫在我的周围的清新的世界里，

在阳光的照耀与折射下，
散发出片片的七色的光影。

只要与她生活在一起，
我的世界便是天堂，
我的生活便浸泡在清澈碧绿的天河里，
我的身心的一切便也浸泡在绿色的诗篇里，
我的世界里的万事万物都是美的，
我的生活里的分分秒秒都是精彩绝伦与宝贵的，
我的生活里彻底失去了痛苦、失败与黑暗，
我的生活里永远飘荡着幸福、甜蜜与成功，
从此，我仰首可与神灵愉快交流，
平视，可与世间美景美物美事握手，
俯视下去，下面的魔鬼们自觉地哑口无言了。

与她在一起，
我的生命里便涌动着烂漫如春的七色诗篇，
我的生命如阳光一般灿烂、辉煌，
我的生活会永远沐浴在春风春雨春花的时节里，
我的人生充分利用了自然资源与时光，
创造了一片片沸腾的事业。

幻
想

如果她回来找我

不管什么样的原因，
她肯定是后悔了，
后悔她的曾经的武断，
她终于忍不住地找了我。
我静静地看了她三秒钟，
二话不说地，大步流星地
走向她，
一把揽她入怀，
——"是我的，终会回到我身边的！"

不管是出于什么样的情感，
可能是看到了完整的我对她的坚忍的心迹后，
她终于被我感动了，
终于不顾她自己的矜持而找了我。
我二话不说地，
大步流星地走向她，
一把紧紧地拥她入怀，
——"为了这一刻，我忍受了无尽的猜疑与忐忑……"

如果她真的爱我了

她在我心里，
无比美好。
我的身心无比爱着她，
每时每刻都想拥有着她。

如果今后她真的在某个时刻，
来到了我的眼前，
跟我说爱我。
那么，老天爷啊，
我将不知如何是好，
——苦，可能是好，
——笑，也可能是好……

如果她真的爱我了，
那我将可能真的瘫倒，
我的双腿肯定软弱无力，
因为那幸福的蜜流定会将我醉倒，
我的意识也一定暂时失去，
我一定瞬间又呆又傻……

幻
想

75

如果她真的爱我了，
主动牵起了我的僵硬又抖颤的手，
那么，天地在我的眼前一定立马打转，
我的脆弱的心一定因兴奋而一阵阵地悸动，
此时，我的拢不起来的大嘴，
不禁滑出了一句话：
"谢谢你，爱神！"……

如果她真的爱我了，
伸出手要拉我走，
此时，我一定迈不动双脚，
"我的人儿，我走不动了，
扶一下我，好吗？"
——我结结巴巴地说道……

如果她真的爱我了，
我开始揉揉我的双眼，
拍拍我的脑袋，
捶捶我的胸口，
跺跺脚下的大地，
猛地深吸一口大气，
"老天啊，这是真的吗？"……

无数次的猜疑，
无数次的彷徨，

无数次的煎熬与无奈的期望，
无数次的上天入地般地又拉又放的折磨，
真的，我对她真的不敢抱有希望了，
如果她真的爱我了，
我一定会认为我在做梦了……

如果未遇见她

如果未遇见她，
我定不会爱上她，
我定不会觉得世界变得美丽了，
我的生活将如一潭池水般一成不变，
又波澜不惊，
我的精神也将不会从云端，
一下子跌入深渊，
我的世界将一如往昔地，
像疲惫的马，
拉着破旧的车，
在大风起兮尘飞扬的小土路上，
磕磕碰碰地颠簸前行……

幻
想

如果未遇见她，
我定不会心与天高，
定不会在幽邃的夜里，
与神灵们窃窃私语，
讨论着一直没有定论的爱的话题……

如果未遇见她，
我的生活不会像进入第二个灿烂世界，
我的内心不会像被天上的甘霖浇灌透湿，
我的心血不会像被爱魔注入了烈性的法力，
我的现实不会出现迷幻的七色光芒和绿色的梦……

如果未遇见她，
我将不会遇到美的蛊惑，
不会遭遇折磨，
免掉了精灵们的召唤，
当然也失去了走进天堂欣赏仙人芳容的机会……

如果未遇见她，
我一如榆木般呆滞地活着，
虽然没有痛苦，
但也没有光亮，
——让她去吧，
她是神的人，
被神驱使，
我不在乎痛苦，
也不计较光亮，

但我只恨爱神不该推着我转了很多圈，

转晕了我的头与眼，

使我的手也不听使唤地乱抓人了……

有一种力量

我的世界里，

有一种力量，

它轻易地将我的世界分成两部分：

属于我的半个部分，

和不属于我的半个部分，

当然地我被它拽入了属于我的半个部分里，

从此，我就只愿意待在这里。

我的世界，

有一种力量，

它在我生活的时空里，

将我牢牢地绑在另一个人的身上，

我不会挣脱，也挣脱不了。

我的世界里，

幻

想

有一种力量，

在我的精神思想里，

它给我打下了一个永恒的信念：

永远为着那个人，

永远要对那个人好。

我的世界里，

有一种力量，

它在我整个人生里，

始终都给我下达唯一的任务：

竭尽我的一切所能，

栽培与创造美妙的精彩的鲜花与硕果，

给那个人滋养与点缀，

因为她是我的神——美丽的女神！

我的世界里，

有一种力量，

它感应于淳朴梦幻的天地间，

里面翻涌着七色阳光的斑斓与聪慧高尚的热力，

一旦附着在我的身上，

我就永远被画在了一个亮闪闪的圈子里，

那里只有她一个人静静地坐在摆满水果的大桌子边，

看着我的疑惑、紧张与无奈样，

扑哧一笑。

当我遇上她

当我遇上她，
我就感觉到：
我遇上了女神、爱神；
我就感觉到：
我已不在人间，
而在天堂、伊甸园。

当我遇上她，
我就有一股惊天动地的力量：
爱她，必须爱她，全身心地爱她；
我就有一个无法改变的信念：
她是使者，女神的使者，爱神的使者。

当我遇上她，
我的世界从此改变了模样：
青春、绿色、烂漫，鲜花丛丛，芳香弥漫；
我的生活从此便像灌进了蜜：
甜美、醇香、润泽与晶莹。

幻想

当我遇上她，
我像第一次才认识世界一样：
世界竟然这么美好、温馨与浪漫；
我才第一次感受到生命：
如此幸运、旺盛、朝气蓬勃与美好。

当我遇上她，
我以前的一切都是太平凡、太简单、太不起眼了，
伟大豪迈辉煌的人生大门才刚刚开启，
我晦涩的眼睛才第一次地看到世界的精彩，
我的心一阵阵地乱撞：
"我看到了真正属于我的美好的爱啊，
我就要她了！"

当我遇上她，
我开始彻底地反思我失落的过去，
我开始改正一切的毛病与缺陷，
我开始脱胎换骨，
同时，我灵感的闸门如决堤的大坝一样，
伴随着真善美的热情轰隆隆地倾泻而下。
我要用美丽的诗篇记下这可爱的世界，
我要用丰硕的事业果实来迎接美丽的她。

时光流淌，我心急

唉，时光在我的眼前大摇大摆地流淌，
我心急啊，
我的心里啊还是下不了决心啊：
——到底爱她，还是不爱？

唉，时光是多么陌生而又幽深的存在啊，
我看不透它，
不知道如何规划我的爱情：
——爱她，还是咬牙不爱？

时光在我的眼前缓缓地流过，
我的内心如大海的波浪般潮起潮落，
可是，我的内心依然下不了最后的决心：
——爱她，还是不爱？

不过，现在，我又觉得，
没有必要这么逼自己做决定了。

可是，我的内心就是想要搞明白：

幻
想

她到底好，还是不好？

哎，时光，我这个最要好的朋友啊，
你应该可以给我一个光明的建议啊，
悄悄地告诉我：
——我应该等她吗？

她是个什么样的人

她是个什么样的人？
虽然是一个外人眼中平凡的人，
但在我的眼里，
绝不是这么简单。
她是一个神秘的人，
她的内心、思想与性格等，
我至今都还不是很了解，
可却很想了解，
似乎这是个必须破解的谜。

她是个什么样的人？
虽然现在她与我若即若离，
但是在我的心里，

她与我就像被一根柔软绵长的丝带，
缠在两端一样，
总是在我绝望低落时拉我一下，
不让我脱离她，
她可能天生就是我放不掉的人……

她是个什么样的人？
尽管如孩子般任性、乖张，
对我拒绝、伤害又盛气凌人，
可是，在我的意识里，
她仍然顽皮、天真、可爱，
是我心中不一样的人。

幻想

在我最冷静最清醒最一元复始的清晨起来时，
她就浑然天成地进入我的脑海中，
逼着我想知道：
她究竟是个什么样的人，
究竟与我有多大的关系，
究竟我还能不能离开她……

一道光影闪过之后

我的眼前，
忽然间闪过一道长长的光影，
那飞逝的轨迹里，
悠然地飘荡着清晰而柔和的声音：

"你始终要坚守自己的本心，
尘世间充斥着太多的令人眼花缭乱的矛盾的东西，
你会走上光亮之路，
但你的心底一定要保持清醒的立场，
一定不能被繁花迷了眼。"

"我就是对她有点气，
有时赌气是想放弃她。"
——我顺口答道。

"人生最大的成功就是顺心而为，
同时，人世间有太多的扰乱与迷醉的东西，
从而使我们容易偏离了本心与真想。

她，是有过错，

但是，她是你的心想吗？

是不是你原始与本源的真爱呢？"

"我知道了，

谢谢你

——幽邃的神灵啊！"

声音渐行渐远了，

我的心儿也越来越坚定了。

天地之合的爱

上天给了我一双能发现美与爱的眼睛，

大地给了我能遇上她的机缘，

她给我带来了女神的样子与神态，

以及真爱的令牌。

于是，茫茫的天地间，

我完全地、庆幸地

知足了，

因为我获得了天地之合的纯美之爱。

尽管她可能天真、任性一点，
只要她的心还是在我身上，
我的天地之合的美爱就来了。

在她对我的闪光照耀下，
我发现了连绵不断的春天美景，
记载下人世间淳朴婉转的美与爱的柔情，
也同时摘取了属于我的一些酸痛的果实。

不好意思示人

真不知道，
在爱她这件事上，
我做得有点过了分，
真的，现在想来，
都觉得有点不好意思示人。

我爱她用力过猛，用情过专，
一不小心，
没能把控住自己，
使我爱得，
丧失了我男子汉气概。

如刚强的品性，
真的，在她面前，
我似乎已经变得软弱起来，
不似以往那般豪壮坚定。

包容性，
换作以往，
不管面对什么人，
只要对我有一点一丝的拒绝，
我就会毫不犹豫地不留情面地离开，
可是，在她面前，
我不知何时何种原因，
就这么如大肚弥勒佛般宽容。

幻
想

唉，再坚强的人，
都有自己柔弱的一面吧！
在此情景下，
此人就是一个柔弱的人了，
或者破防、崩溃了。
我想，在这种真爱面前屈服、顺从，
应该不算是什么不好意思吧，
因此，当我们面对属于我们的本真时，
我们应该就是一个听话的天真的小孩吧，
柔、软、弱，自然是正常的吧！

顽固不化的爱

我不知道，
怎么爱上她的，
但我知道，
爱的背后，
是一个不能告诉别人的秘密，
——爱，真的是蛮不讲理的顽固不化的思想。

她，再怎么好，
已经，伤害了我的心，
——拒绝了我，
——两次了，
如果按照以往的脾气，
我定会如木头般，
——毅然地离开她。

或许，那是爱的初期吧，
是爱得不深吧，
若是真的深的话，
大概，做不到迅速与决绝吧……

一旦进入了爱的核心区，

那一定是一个不为人所左右的，

铁定的顽固不化的境界了，

不管现实怎样地风吹雨打，

就是岿然不动地，

依然爱着那个人，

那个可能是狠心、无情的，

也可能是无奈、无力掌控的，

又可能是幼稚、单纯、缺点多多的人……

对抗时光之剑

幻
想

时光是有生命的河流，

里面充满着各种力量，

这些力量推动着时光如刀剑一样，

锋利与无情地割伤和粉碎着一切。

我对她的爱之情，

以前是火热的、无穷的、巨大的，

就是现在，

依然还有一些留恋的情丝，

还没有真正地忘记，不想与她断绝。

但是，我又知道，
清冷的时光，
悠悠地流淌着，
它能带走很多东西。

如果，我与她还是隔绝，
丝丝的时光，
如淡淡的苍白的利剑，
也会对我的爱进行无情的割伤，
流出一点一滴的辛酸的心血，
在漫长的时光无情无休止的冲刷下，
终究会毁掉我对她的，
仅有的颤动的弱弱的情……

我当然不能任时光如剑般冲毁我的爱，
我要拼命地与时光之剑对抗和拼杀，
我将做最后一次争取，
——对她的爱的争取。

凭着对她的炽烈的爱，
所产生的光亮的硕果，
以及硕果所带来的，
勇气与信心！

天翻地覆地变化着

如果，我的生活里，
真的能与她在一起，
那么，我的世界，
将立即天翻地覆地变化着：
我的时间将瞬间不可逆地，
被拉长数倍，
我的生命长度也一样地，
被延伸数倍。

我原本单一的世界啊，
此时也将令人难以置信地，
眨眼间变成了数个七色迷幻的世界了，
且个个世界都在眨着甜美的眼睛，
散发着爽朗的高声。

我的生活尽管有着宽广的空间与足够漫长的长度，
可是我的真善美的事业啊，
还是依然如大海的波涛一般地，
一层一层地涌过来，

完全将我沉浸在亮丽的、壮美的、甜蜜的海洋里，
当然，我也还是不分白天与黑夜地开拓着，
创造着这些宝贵的事业。

既远又近

她，像在遥远的地方，
又像在眼前。

她，像在梦幻缥缈的世界，
又像在真实闪现的世界。

她，像是回到了天上神仙的身旁，
又像是在触手可及的尘世里。

她，像是蹒跚在过去的苍凉岁月中，
又像是躲闪于现在的虚浮时光中。

她，既像是在高耸入云的远山之峰上，
又像是在静默无声的流淌的小溪里。

她，打破了我的心与梦的想念，

将她从我的身与心的地方带走了，
越来越远了；
可我的眼里，
还留存着她离开时的最近的形象：
幼稚、天真、单纯、任性……

想多了

"喂，老兄啊，
几天不见，
自信心爆棚了啊？"
一个清瘦干练的黑脸大汉，
在冷飕飕的忽明忽暗的山洞里，
对我大声说道。

"哪里，哪里，
你怎么知道的啊？"
——我诧异地反问道。

"听人说的，
近日你做了一个梦，
梦中那个她向你反悔了啊？"

"一时心血来潮的，
是有一丝这个意思与感觉。"

"喂，老兄啊，
你也是一个成熟的人了，
你空想可以，
可是你不能忽视现实和我的职能啊！"

"哦，当时，是忘了你们的存在，
对不住了，
不过，从你们的角度，
我的想法还是有些现实根基的吧?
我不是将要成功了吗?"

"唉，你这个傻得可怜的人啊，
你怎么现在还是这么盲目与不着边际地自信啊，
几天不见她，
她就是心里有触动、伤感了吗?

"你对她再怎么不舍，
可是你要知道，
你要经过现实的打击，
还有我铁面无私的折摧，
我们都还未出手，
你就知道她会同意，会找你吗?"

"是的，我是未想到你们这一次的打击，
可是，之前，你们不是已经给了我几次打击了吗？"

"以前的打击，
是以前的事，
现在，依然还是有打击的啊!

"所以我说嘛，
老兄，你还是天真了一些，
你还是想多了嘛!

"记住，永远要把困难与打击想在最前面，
永远不要指望现实与我们对你网开一面，
我前一秒可以跟你平静地谈话，
我后一秒可以立马向你挥拳与亮剑。"

"对，对，我知道，
不过，她今后真的就不会后悔的吗？"

"这，不属于我管，
不过，你还是做好最坏的打算，
越是你在意的，
越是你认为最美最好的东西，
你就越是要做遇到最大困难受最恶劣的摧毁的打算的。

幻
想

现在，不用我说了吧？"

"是的，是的，
我明白了，
从今往后，
对于她，
我将依然冷眼，
冰凉地不抱指望地看待了，
如果万一她真后悔了，
我也是如木头人一般地被动接受，
正常情况下，
我将依然如现实与你们一样地，
冰冷无情地接受——失去她的情况。"

"反正，现实与我们是不会心慈手软的，
我们只讲实力，
只讲尊重现实，
只讲真理与正确。"

"对，谢谢你的提醒，
让你笑话了，
我这一次不小心又——想多了，
现在，我要改正了，
我要不再盲目幻想了，
我要脚踏实地地做正事了，

——创造成功与硕果，
下次，带个大红苹果给你——"

"我等着，
不送了，
再见！"

时光里的线

幻
想

这几日，心里不时地且没来由地感觉到，
她似乎开始后悔了，
我与她之间有一条，
横跨时空的绵长的线，
通过这纤细敏感的线，
我如轻触到她的心房般地，
仿佛感受到她的微微的颤动声，
并且还能听到她的，
——幽怨的哀叹声。

我自然心里先是一阵莫名的狂喜，
不过，许久之后，

我似乎冷静下来了，
又是一股酸涩的抱怨声涌起：
"这是不是灵光一现的自我安慰的无厘头念头啊？
可不能当真啊！
生活中可没有任何一丝一毫的证据出现啊，
我压根儿就没有见到她一面啊！"

她可能依然还是那样，
——对我无爱，
——对我回避。

不管此线是真是假，
但有此念头，
我已心满意足了，
毕竟，我的空乏的心有一丝安慰了，
但愿此线真的存在吧，
也愿此线变得更多吧。

下不了决心

唉，真是婆婆妈妈的，
她都多次地拒绝了我，
这么长时间与我分开了，
可我至今还是下不了脱离她的决心……

总是认为我会成功的，
认为她会后悔的，
认为她会再找我的……

而我是不想她伤心与消沉下去的，
认为她现在是幼稚的，
我能包容她的……

可是，面对现实的对我轻蔑的笑，
我怕我会又一次地天真，
重复以前的情感失败……

唉，时光不知不觉间黯淡下来，
生活陷入了一个忽明忽暗的苍茫境界里，
思想淹没于沉沉的没有光芒的死海里……

幻想

这可能是爱情的黎明前的黑暗期，
也可能是将发生大转折的凤凰涅槃期，
又可能是一个考验我对爱、对真的坚忍期……

她，现在看来，平凡人一个，
但若爱我，
自然是我心中圣明而美丽的人一个了……

可是，现实就是这么无法理喻，
我如此深爱的人，
就是这么屡次无情地粉碎着这份情……

爱我，你就是我的女神，
我会用尽一切地去呵护你，
不爱我，现实让我早清醒，
我就早点忘记你，不惦记你……

唉，下不了决心，
爱上她，就被现实与爱力套上了绳索，
怎么走，
都放不下她，
舍不得她，
走不出她的圈子……

一言难尽的岁月

我现在的岁月啊，
就是一个一言难尽的岁月啊，
既有悲，也蕴含着喜；
既有迷茫，也有希望；
既有失败，也蕴含着成功。

对她，表面上是被拒绝了，
是失败的结果，
没有阳光的，
空洞，又无奈的，
灰心，又丧气的，
有一丝一蹶不振之落魄象。

可内心里，
也是有收获的，
很多挫折、幻想、不如意，
也凝结成了透入心扉的作品，
凭此，
我也将让它们见一见天日。

幻
想

可能，像一颗意外的炸弹，
对我有一丝冲击，
但我什么也不愿顾及了，
我只想逃避这灰暗的岁月。

这表面上荒芜的无生气的岁月啊，
着实，我已不想再承受了，
不管是什么样的结果，
我都要打破这沉寂的岁月了。

打破后，
肯定是换了一番天地，
各种可能似乎都有，
当然，包括，可能她来了，
也可能她真的走了，
也可能我依然默默无闻，
也可能我腾云驾雾，自由飞翔，
这可能是一个，
垫脚石般锤炼我的岁月啊，
也可能是一个，
由谷底开始上行的岁月啊！

但不管是什么样的岁月，
心底里，我的上天啊，
悄悄地对你低声说啊：

我只有一个心愿，
还是只想得到她啊……

我 的 世 界

自然的世界，是广阔的，
是无限美丽与精彩的，
但每一个人的生存发展的世界是有限的，
一个人是看不见自然界的全貌的。

生发我的世界啊，
我愿被她而圈定，
由她而擘画：

我知道她是平凡的，
但我就是要由她的平凡来定义我的生活；
我知道她是幼稚的，
但我就是要由她的幼稚来主宰我的思想；
我知道她是朴素的、单纯的，
但我就是要用她的朴素、单纯来装扮我的世界。

自然世界的美丽是丰富的，

但我只消领略她的一点清秀就足够了；
世界的温馨浪漫是广阔无垠的，
但我只消有她的一丝牵挂就知足了。

她虽然普通、渺小，
但在我的心里、眼里，
却就是高雅、伟大；
她在现实里，如一粒沙子般轻微，
可是，我却愿意当个宝石一般护着她、宠着她；
她，虽然是凡人一个，
可是，我却愿意用对待神一样的心来爱恋她。

我知道，世界的美与好是无限的，
是穷尽我十个百个人生都不能看尽的，
但是，我却只愿今生就拥有她一人，
看着她，哪怕是她的缺点弱点，
我都感到是看到了世界的全貌与尽头，
我都如同看到了平凡浪花中跳动的光芒了。

她，就是我的世界，
我的世界就愿意被她圈定与擘画，
我就愿我的世界，
被她的来自天堂的甘霖，
——来浇灌、滋润与生发，
通过她，我就能看到天上的仙女、智慧的女神。

清晨的告白

天，清冷的，
心，清新的，
大地从小鸟的鸣叫声中渐渐苏醒。

独自立于凉风习习的巨峰之下，
薄雾袅袅地弥漫着，
草尖和叶子上晶莹的露珠一片一片，
太阳还没有出来。

闭着眼，
在清凉的晨曦中，
我的心飞向了高耸的天堂，
面向严峻公正的爱神，
低声切切地告白：

如果有打击，
我愿主动承担，
天地可以见证我的心，
我是真心地爱着她，

幻
想

107

只想在世间娶她。

我走过人生求索的歧路，
有过一些人的自然缺陷，
犯过一些事的过错，
在爱上也丧失过自信，
屈服于现实过，
可是，当我清醒了，
我善良的神啊，
请容许我知错就改吧，
毕竟爱太宝贵，太美好了，
人生就这么一回啊，
我愿意承受一切的困难险阻，
只愿得到这个于世平凡、于我伟大的真爱。

无怨无悔

如果今后能与她相爱，
尽管我知道，
她有一些不足，
可能与我有某些不合之点，
我可能会感到有点痛，

但是，我又知道，
我会无怨无悔地爱她，
因为，爱她，
已经融入我的灵魂与血液之中了，
成了上天交给我的使命了。

我会一分一秒地都爱着她，
尽管我知道，
她就是一个平凡且普通的女子，
才貌与思想上，
都有很多人胜过她，
而且这些人中，
也可能有对我有意的人，
但是，我将依然毫不动摇地只爱她，
因为她是天地送给我的，
她撞开了我的尘封的爱的大门，
唤醒了我的沉睡中的爱的本能，
是从天而降的爱神的使者，
打开了我的真爱的世界。

不管今后可能会出现何种问题与挑战，
在我的心底里，
我都会一如既往地火热地爱着她，
哪怕她像魔鬼一样撕咬着我，
我也会一言不发地站着、挺着，

109

在我的心底里，
她没有错误、缺点，
她只有孩子般的天真、幼稚，
我只有尽可能地包容，
如果，她的错误太大，伤我太痛，
我只会领着她，
在漆黑的夜里，
向着深邃的太空。

对 她 的 爱

对她的爱，
犹如坠入迷雾中的深山里，
时明时暗，
若隐若现，
一会儿如登上山冈，见一些光明，
一会儿如行走于谷底，九曲连环，无尽头⋯⋯

对她的爱，
犹如进入一个梦幻的世界，

一会儿看见阳光，分辨出东西，
一会儿昏天黑地，低头乱闯，
前期是冷若冰霜，我打寒战，
近期是迷糊中有清醒、有自信……

对她的爱，
犹如跌入一个谜一样的海洋，
她像栖息于枝头的小鸟，
我近了之后，就飞走了。
她又像是一个迷路的羔羊，
远远地注视着我，又不靠近我……

对她的爱，
犹如星星在天幕上悬着，
她，闪着光，吸引着我，
她，又冷漠，远离着我，
我有抵达她的信心，
又担心她的缺陷改变了她的对我的爱心……

对她的爱，
如善变的天气一样，捉摸不透，
离开她，我也行，
但怕她回心转意，
想等她……

幻
想

111

对她的爱，

就如今后的时光与生活一样，

——不可预知，

日子流淌到哪里，就在哪里，

没有方向与目标的日子不是我理想的日子，

如果我的日子里能遇到更适合的人，

对不起，

我不打算再等她了，

她是一片无根的浮萍，

我不能伤害一个对我有心苦等的人了，

当然，这也不是说现在，

而是在成功之后，

她若找我，

我会接受的，

因为我认为她是幼稚的，可稍等。

第 一 次

她，站在我的世界里，

悠悠地，我能感触到，

第一次地，

空气是清新的，

泥土是水滑般地透着香气的，
一丛丛小红花儿是眨着眼的，有娇羞的样子的，
我的体内一股原始的力量便开始涌动了……

她，来到了我的世界，
我第一次地清醒地认识到，
我就是一个懵懂的孩童，
什么也不懂，什么都是新鲜的，
我才第一次地认真观察世界，
太阳是光辉而明亮的，
月亮是皎洁而温柔的，
山川河流是激情奔流的。

她，轻盈地来到了我的世界里，
第一次地我感到春天是这么对我过了头地眷顾着，
青春的气息随时随地地环绕着我，
她就像天堂里的小园丁，
给我带来了满目的国色天香的花朵，
散发出仙气飘飘的柔和的芳香气息，
她，周身飘浮着的天真的对凡世好奇的情态，
又使我第一次地像看到了世界的一元复始的萌发态……

她，走进了我的世界，
第一次地像惊雷炸开了与炸醒了我的庸碌沉闷的生活，
她像来自天堂的神仙的使者一样，

照亮了我的世界，
驱走了我的落寞的迟缓的生活阴霾。

她，来到了我的世界，
带来了来自上天的孕育幸福和伟大的种子，
第一次地在我的枯萎的心田里，
种下了真善美的思想的苗子……

她的到来，
使我第一次地感受到，
我是一个肩负重任的男子汉，
我要创造美好而热力四射的事业，
我是一个饥渴浑噩的男子，
我要奋发努力，
赶紧利用上天赋予我的极其宝贵的时光，
埋头耕耘，
耕耘一片宁静的河山，
安顿好给我神一样的点拨的她。

如果真能得到她

如果真能得到她的爱，
就是老天对我的开恩，
是老天给我的第二个幸运，
我什么也不说，
只有一句话搁心头：
"她是老天的女儿，
我当以我的一切来呵护与疼爱她！"

如果，她真的与我在一起了，
那么，她就是将天堂爱神的甘霖带给了我，
将漫天的幸福倾泻给了我，
她就是我生命的滋润者与养护者，
对她，我只有一句话对自己说：
"我要以小草对太阳的那样依恋的心情，
来挚爱她！"

如果，她真的来陪伴我，
那么，我的人生便遍地都是抖落的美与好，
她对我就是一种弥天的柔情蜜意，

我用尽我的一切都无法表达我的感谢，
我只能对自己说：
"欠她的，
只能用我的一生的所有的爱、情和功绩来抵！"

如果，她真的成了我现实里的爱人，
那么，我知道，天大的重担落在了我的肩上，
那么，我将尽量消灭我身上的一切缺点，
我将尽量不让她受到我一点点的无意中的伤害，
我将尽量让她沉醉在真善美的世界里，
让她如同生活在浪漫美妙的童话世界里，
为此，我给自己下了一个人生命令：
"使她永远幸福，
是我永远的光辉任务！"

如果，她悄悄地来到了我的跟前，
我也将一言不发地带着她，
看喷薄而出的闪亮的朝阳，
静候着调皮的爱笑的星星们眨眼睛，
以及坐着聆听清凉的春夜里姗姗来迟的雨珠的滴答声。
之后，我转过身，
对她说：
"这些自然的美景啊，
还不是世上最美的景色，
世上最美的景色啊就在我的眼前啊，

那就是女神一样的你的景色啊！"

如果，终于她是我的理想伴侣，
那么，她的到来，
就是我的失去，
我将失去我的一切火热的物质生活，
以及精彩的七色光芒般的精神世界，
我将毫无保留地一股脑儿地全送给她，
滋养她，生发着她，
任她使用，
不过，我仅有一个小小的请求，
那就是，
她不能用那天堂的甘露美酒，
次次将我灌得酩酊大醉，
我还要在半醉半醒的状态下，
把那些环绕在我生活里的，
美的、爱的、好的东西记载下来，
以报答上天对我的恩赐啊——

没 来 由 地

没来由地，
我突然眼前一亮，
想脱离她，
脱离对她的爱，
和对她的等待。

没来由地，
我突然产生了一个大胆的念头，
不想她了，
她与我无关系了，
她与我陌生得如从未遇见过。

没来由地，
我突然想全身心投入鲜活的现实，
不再为她之思所缚，
不再为对她之想所扰，
不再为对她之爱所煎熬。

没来由地，

不需要任何现实中的理由或原则，
不是因为她曾经所谓的对我的伤害，
不是因为她的可能平凡或俗气，
更不是因为我对她不存在的怨与恨。

没来由地，
可能是我生活在太虚空的情感里吧，
可能是我处在太无奈纷乱的心绪里吧，
又可能是我处在太无光无亮无热的世界里吧，
还可能是我真的憔悴疲倦而什么也不想了吧。

没来由地，
觉得天空多么广阔、自由，
空气多么清新、灵动、润滑，
花草树木多么秀气、挺拔与绿意盎然，
生灵是多么充满生机与闪亮啊！

没来由地，
就是想呼吸一下世界的新鲜空气，
就是想摆脱沉闷的生活，
就是想追求一个没有伤害的平静洁白的生活，
就是想追求一个可能还有的更好更美的生活。

没来由地，
不管心中的什么真爱了，

幻
想

119

不管身体的什么本能了，
也不管身外的，
什么爱神与现实中的忧愁悲凉了。

没来由地，
为什么我的爱非要落在拒绝我的她的身上呢？
为什么我的爱要被讲理的爱神主导呢？
为什么我就不能要一个既漂亮又幸福的爱呢？
我已经对真爱无力无望地摆手了……

北山之沉思

天，冷云弥漫，冷风呼响，
我在阴冷的山间行走，
在没有阳光的北山脚下，
冰凉的空气令我有点发颤，
同时也令我大脑有点清醒，
缓缓地我停下了脚步，
陷入深深的沉思……

一股悲伤之情油然而生，

我要向爱神认错，

是的，我曾经放弃了真爱的追求，

对不住你，爱神，

这是我犯浑，

我必须接受处罚，

之后，遇到了她，

爱心被唤醒，

但你肯定不能依我，

那么就在我对她的爱上惩罚我吧，

她这么美好纯朴，

我就不能爱她了，

离开她，是对我最痛的处罚，

我接受……

幻
想

如果，你爱神还想给我一个爱的机会，

也行，但我心里十分清楚，

我不能再贪心要一个美好的爱了，

她平凡、普通都行，

她甚至可以是魔鬼，

是巫师，

我都不怕，不在乎，

我不在乎她可能对我的身体伤害，

我的坚硬麻木的躯体能抗任何摧折，

但我只有一个最低的要求，

我要看得上的，她同意我的……

穿越时空之网

时空自古以来，
就像一张天大的网，
罩住了我们每一个生灵。

但是，时空又是自由灵活的，
它是讲感情的，
有弹性的。

因此，我就古灵精怪地，
顺着时空的网线啊，
偷偷地滑啊，
滑到我的孤独的她那儿。

时空有时如宽广的大海一般碧波荡漾，
我便在它的柔波里连绵不绝地游啊，
游到我的在水一方的愁怨的她那儿。

时空有时如巨大的飞翔的云朵啊，
于是，我便缠上了它，驾它飞啊，
径直地飞向我的彷徨的她那儿。

时空有时就是一根绵延的坚韧丝线，
于是，我顾不上辛劳与疲倦地拉着它跑啊，
跑向我的一样倦怠的她那儿。

我要急切地告诉她啊：
"时空真好，
把我们罩住了，拉住了，捆住了，
我们从此永远就在一起了。"

当我外出时

幻想

当我外出时，
我的心，
就又急急地往回飞，
飞向我的她那儿啊……

当我在远方时，
我的心，
就又像长长的风筝一样，
被一根强韧的线牵着，
而牵线的人就是她啊……

当我在远方进入正常的工作生活状态时，
我的心啊，
总是撞进来啊一个连绵的场景啊，
她的眨着眼的幽深的眼神，
断断续续地闯入我的心坎里啊……

时 光 朋 友

啊，现在，我终于领悟到，
时光啊，你真是我的真心朋友啊，
当我离开她后，
你就像一根有无限弹性的皮绳啊，
将我的心又拉回到了她的身边……

啊，时光，你真是一个善解人意的朋友啊，
你总是在我看不到她的日子里，
让我透过你缥缈空洞的薄纱，
淡淡地看到了她的清幽的身影……

啊，时光，你真是一个铁打的朋友啊，
你总是在我孤单的时候，
让我能够感受到她，想到她，
让我与她的心与情总是不离。

乖 孩 子

我希望，

我心中的她是个乖孩子，

是个虽有点天真，但又稳重的乖孩子。

我希望，

我心中的她是个乖孩子，

是个追求光明、远离黑暗的开朗乖孩子。

我希望，

我心中的她是个乖孩子，

是个逐渐接受与爱上我的聪慧乖孩子。

我希望，

我心中的她是个乖孩子，

这样现实与爱神都会同意，

——把我对她的伟大的爱，

变成甜蜜的幸福生活来湮没她……

幻
想

失

恋

一切都被带走了

我生活里的一切都随她而走了,
我的内心空荡荡的。

我的身心好像自由了、解脱了,
但我一点也不高兴,
相反,却是一阵阵苦水翻涌。

我的一切都失去了光彩、力量,
我的一切都已不属于我了,
我成为一个被现实无情抛弃的人了……

我有一点想说,
但竟说不出一句话、一个字。
我有一点像木偶,
麻木不自主地运行着。
什么也不想,也不回应,
世界,于我是多余的,
正常生活,对我是远离的。
我成为上天的弃子,

失
恋

没有人关心我的存在……

我像一个废人，
什么也不做，
只是瞪着呆呆的双眼，
有气无力地盯着空空的世界……

我的一切已没有了，
时间仿佛也在我的身边凝固了，
一切的尘事已在我的周围静止了，
我什么东西都够不到、抓不住，
我得不到一切的物质与精神……

我是这个世上多余的人了，
是一个孤立于寒风中的浪子了，
这以前的与现在的，
可能还包括今后的一段时期内的一切，
都不是我的了，
已经没有什么东西属于我了，
我的生活将靠空气来维持，
我的内心将任无聊与空虚来主宰……

我 在 哪 里

我在绿色的原野里骑行着，
以舒解恍恍惚惚的沉闷情绪。

灰蒙蒙的雾霭弥漫在不见阳光的天际，
一股淡淡的愁绪又涌上心头：
——怎么这个平日里喜欢闲游的原野，
没来由地引不起我的兴趣了？

越持续地向原野深处行走，
就越感到在向黑暗的无底的世界滑落，
心里就越发悲凉，
我在走向哪里啊？

这个我曾熟悉的平静的原野啊，
此时怎么就这么陌生了啊？
高大粗壮的杨树啊，
怎么根部露出了枯黄的茎干啊……
曾经芳草弥漫的树林间被钻井台占据，
林间那曾经一汪清澈的水潭下面，
现在露出了无可隐藏的黄土底了。
那曾经流向远处农田的涓涓的小溪，

131

现在竟然被钻井挖出的泥沙染成了血一般的红，
无声地缓流着，
似乎在低吟或倾诉着什么……

我在哪里啊？
本打算向绿色的自然讨要驱闷的安慰剂，
但大自然竟给了我如此这般没来由的，
比我心还伤感的境况，
——到底哪里才是我安心的港湾与场所啊！

当一个人内心没有归宿时，
大自然里也不会有任何一个场所，
能给他可以依靠的归宿，
无论是城市，还是乡村。

算了吧，此境过清、过冷、过荒、过闷，
还是重回我自己的生活场所吧，
再苦再煎熬也是养我的地方啊！
再伤再痛也是我的本啊！
无论如何，本不可失，
就如我现在依然对她还是接受与爱的本心一样！

我愿意等，愿意煎熬，
愿意承受风雨雷电，
只求等着世界终有一个轮回，
——她回到我身边！

我 心 酸

六朝古都的繁华的大街，
游人如织，细雨蒙蒙，
忽然看到一位穿黑色上衣的年轻女孩，
我的心猛地一酸：
——我的她啊经常就是这样的穿戴啊……

这个女孩没有我的她高，
但从背后看又很相似，
我不自觉地加快了脚步，
想仔细地确认一下，
自然，不是，
当然，也比不上我的她的容颜……

没有什么可说的，
男子汉当以奋斗为主，
以成功立业为主，
忘不忘掉她，
都不应该影响对事业的追求进取，

133

事业成功后，
能要到她最好，
要不回，没法，不由我，
由她与现实决定……

时间究竟如何使用

我这么每时每刻地想念着她，
深入骨髓地爱恋着她，
这么唯恐时间过得太快地爱着她，
我忽然产生了一个大胆的想法：
假如今后我真的能实实在在地拥有着她，
那我的时间究竟如何使用？

渴望已久的恋人终于到了我的身边，
我心中美丽无双的她日夜陪伴着我，
老天啊，我的时间该怎么使用啊？

是想分开来用，
一半工作，一半陪她，
——但是时间是不会同意这么分开的呀！

此时，方知宇宙给人类的时间是多么有限啊！
要是能给予无限该多好啊，
我就可永远欣赏、呵护我心中的她呀！
我就可永远地与她交谈着，
对人生、理想、奋斗与真、善、美的追求，
我就可永远地与她不知疲倦地，
为壮丽的事业而互相帮扶地创造着。

如果今后我真的能拥有她，
那么我最希望的就是让时间的脚步停止一刻，
在这一刻里，我就这么呆呆地望着她，
不吃不喝，不急不躁，
嘴里只喃喃着这样的话：
"你真的是我的心上人吗？
我不是在做梦吧？
得到你真的比登天还难，
好在我现在已在天堂里，
与上天和女神交接任务呢！"

以前，我从来就不知道时间是什么样子的，
如果今后我真的能得到我的心中的她，
那么，时间，我宁愿喊你一声：
"时间——
你好！你真是太好了！"

失
恋

日　子

日子是时间，
本来应该像流水一样平淡无奇，
可是，日子要赋予在每个人身上，
这样，日子就具有每个人的特性。

可不是嘛，如我的现在，
日子是艰难的，并不是物质上的，
而是我精神上的，
我是这么忐忑不安地焦灼啊，
——她到底在心里是不是还爱着我啊？
是不是还在等我啊？
我现在是无法找到答案的，
于是，我的日子如我的内心一般混沌与无奈。

每个人的日子的特性，
就是融入了每个人的情感因素啊，
尤其是爱，
如果爱是成功的，
日子是阳光的，是受神眷顾的，
反之，则是永沉深渊的……

我现在的日子啊，

请问：何时能走出深渊阴霾啊？

丝丝风吹雨打的声音……

止 不 住 地

天气，寒冷，

天空，灰蒙蒙的，

手，脚，有些凉硬，

可我的心，

却止不住地，

止不住地想她啊……

她，啊，她，

在哪里啊？

不就在同一个区域嘛。

我知道。

可是，不能与她沟通啊，

我的心荒凉无比，空荡，

不踏实啊……

她，啊，她，

你让我怎么说你呢……

失
恋

如果是好事多磨，

那我也能心安些，

可是，对你的爱究竟能不能成功啊，

我的心底啊却真的没有底啊，

现实对我的打击啊只有我想不到的无情，

没有它做不到的无情，

它对我从来就没有一丝的同情……

她，啊，她，

她就像风中放飞了的风筝一样啊，

究竟能不能拉回来，

我真的不敢肯定啊，

虽然她有对着我侧首微笑，

可是，我的心依然还是七上八下的啊，

就算我把她拉回来了，

我也不敢保证能得到她，

我太怕现实的无情了……

迟缓的日子

天，简洁、明朗，

几朵白云慵懒地浮在天幕上；

大地，像静止了似的，

又像昏昏欲睡的样子，
在热气的笼罩下，
高矮起伏的植物们耷拉着枝叶，
动也不动。
……

我的日子，
如外面的世界一般：
空乏、枯燥，没有活力。
我傻傻地看着窗外，
什么也进入不了眼里，
心里更是空荡荡的，
——什么也没有。

我失去了希望，
失去了追求鲜花般的激情，
失去了对她的曾经强烈又坚定的爱，
失去了美妙的灵感与明快的诗，
陷入人生情感的苦涩愁茫的低谷……

我的日子，
如疲惫的黑瘦之马，
拖拉着沉甸甸的大车，
一步三晃地咯吱咯吱地迟缓地行走着，
没有方向、目的与尽头。

失
恋

天 庭 密 谋

在一个幽幽沉沉的夜幕下，
悄无声息的我溜入了威严的天庭上，
闷声不响地穿过静谧幽深的庭院，
到达一处鸟语花香的天苑里，
吱吱呀呀地推开了柴门，
走进了层层叠叠树丛花束缠绕的廊坊下，
——会见一下那个恩怨有加的神秘女神。

由于神灵的天然感应，
她已经坐在长廊的椅子上等着我了，
我也顺手拿来一条凳子在她的对面坐下，
我向她苦笑一下，
算是打过招呼，
她也不介意，
嘴角轻轻一笑。

"你是来诉苦的吧？"
——她轻描淡写地缓缓说道，
似乎知道我的心思。

"是的,
我就是搞不明白,
你说她是你的使者,
可她却为何对我狠心一回?
让我半个月才缓过神来,
本以为一切重上正轨,
因为她近期也给了我两次爱的示意,
就在我信心满满地准备深追时,
她的冷淡又让我身如披霜,
我就搞不明白,
——她到底是不是你派来的?"

"哦,这个啊,
人当然是我派去的,
是我叫她去找你的,
至于后面的就不是我管的了……"

"这样啊,
那行吧,"
——我不置可否地接过了话茬儿,
"但是,她让我爱怨交加,
让我无所适从,
让我看不到前景和光亮,
让我陷于泥潭里无奈地消耗体力与精神,
这可不是我希望的人生状态啊!

——你知道的，

我从来就是目标明确、行动有方向的，

但现在这一切令我乱了阵脚，

我不能明白地清晰地生活，

想脱离她，又不能面对你的眼睛，

我真不知如何才好？"

——我一股脑儿尽吐我心中的苦水。

"这个只能是你自己的事了，

我是鞭长莫及。"

——她平静地说。

"好吧，这个就让我自己来扛吧，

那我只有一个请求，

请你一定要答应我，

因为这是属于你所管辖的事，"

——我恳切地把音量压低，

"你们给了我发现真、善、美以及正义与爱的眼睛，

并且也给了我追求促进下界美好发展的崇高志向，

我确实很感谢你们爽快的馈赠，

这使得庸俗、丑陋、低级卑劣的品性都不得降临我身，

同时我也知道，

以前，我深爱的每一个姑娘都不能得到，

我的心已经破碎得近乎麻木了，

现在我才知道怎么回事，

但是，现在，对于这个她，
我不能再任现实主宰我了，
我现在只想告诉你，
这次，就是我变得自私过分，
变得有失君子风度和体统，
变得不讲道理地执拗和顽固，
变得破坏礼仪习俗，
这一次，我必须得到她，
任何都不顾，什么也挡不住，
——我只是告诉你，
——就是我变得有点歪斜不上正道，
我也要她，
我让你知道我的底心，
让你明白我的无可奈何又不可改变的爱的初衷！"

女神听后，扑哧一笑：
"原来这样啊，
我知道你的心思了，
哪怕你犯一点小错，
我不对外说，
行了吗？"

我听了立即从凳子上跳了起来：
"那就一言为定了！"
我转身就一溜烟地从那密密的花丛里蹿出来，
滑向彩云朵朵的人间了……

爱 与 值

爱一个人要讲究有多大价值或作用吗？
——爱一个人不需要讲价值或作用，
爱一个人是全部身心地给予付出，
是心甘情愿的，
是不计较回报与对等价值的，
爱一个人，纯粹出于对她的向往、爱护、奉献，
爱，就是一支飞出的箭，
不再回来，
只能落在对方的身上。

我的她，若能接受我，
我知道她平凡、普通，
——但我不管；
我知道她不成熟，
——但我不在意，能忍受；
我知道她有薄弱和肤浅点，
——但我接受，能消融；
我知道她现在有点才疏学浅，
——我迎接、提高她。

我就是山，

——给她遮风避雨的靠山，

我也是海，

——是她心灵停泊休养的港湾。

爱她，要找一个门当户对的来比较价值吗？

爱她，还要留下一个可做退路的备份吗？

爱她，还要考虑庸俗的社会物质利益和精神利益吗？

——统统见鬼去吧！

爱她，只能带着一颗火热的心和纯洁刚强的身！

爱她，是我自愿、最大的梦想，

爱她，是我人生最大的幸福！

凭这一点，我不指望与奢求非爱的任何东西了，

但只有一点，是我必须要永远做到的，

——那就是，我会尽我的一切使她幸福与甜蜜！

失
恋

难熬的日子

空空的，我的日子陷入低谷，
什么事，都没有，
什么东西，都不想，
来回踱着……

想出去转转，找不到满意的事情，
想出去透气，找不到适合我的活动，
想找一点曾经感兴趣的事，
但现在一点点兴趣也没有了，
甩着两手，睁着呆滞的双眼，
闭着沉默的嘴……

我曾那么忙与充实的生活时光啊，
一下子就这么跌入无底的深渊，
生命就这样苍白无知觉地缓缓流淌着，
我已成为没落麻木的人了……

生活没有了光亮，没有了方向，没有了力量，

消沉、哀怜、绝望，充斥着我的身心，
自认为她的离去不会使我受多大伤痛，
年轻幼稚的她似乎不会使我过多挂念，
但我的心还是这么不可阻挡地陷入煎熬……

爱，真的不能随便产生，
实际上，我爱她是有着坚实的豪情和自信的，
但爱，依然是有可能失败的，
爱，不是单方面的追求，
现实中，双方都要参与，
只要有一方不行就毁了整个好事……

痛苦的日子再长我也不在意，
但失败的爱我扛不住了，
它给我的心里投下了巨大的阴影：
我开始怀疑一切美好的东西，
我开始恨一切美好的东西。
我为我向往的美好的东西而痛哭，
生活啊，你真的就不能给我一次真爱吗？……

失
恋

147

上天给的

在一个和风习习的春日夜晚，
娇弱的你软软地倚在我的身上，
歪着头，眨着汪汪的水灵眼睛，
疑惑地望着我，
轻轻地问道：

"我这么任性又多次地伤害你，
你却为何还是围着我、疼着我、爱着我呢？
你真的不生我的气吗？"

"傻妞啊，那我就告诉你全部吧，
你我的一切都是上天给的：
上天给了你令我动心的容颜和内心，
然后将你放在了我的世界里，
最后他给了我一个从天而降的密旨，
——爱她吧，她是我给你的世间恋人！"
这是上天对我讲的第一句话。

但我接着又问上天：
"我一开始觉得她是我的，

可是我追求她，

却一次次地碰壁，

是不是你给错了人啊？"

——这是我对威严肃穆的上天说的第二句话。

"呆子，世间不是有好事多磨，

不打不相识的事嘛，

她对你的打击也是一种考验，

吃她的苦多，一方面是对她的补偿，

另一方面也能看出你对她的爱，

到底深不深、真不真，

这样你才能对她更加热爱。"

——上天一脸淡然地说道。

"那为什么你要把她给我呢？"

——我直奔主题地问道。

"问得好，

因为我把发现美的眼睛给了你，

我把美好的志向与心灵给了你，

那就只得把配得上这样美好身心的她给你，

——这才是真正的完美般配啊！"

——上天这样不紧不慢又简洁明了地答复我。

你疑惑了：

失
恋

"为什么上天单独对你说了呢？"

那我告诉你吧：

"上天说了，

你太年轻，不成熟，

告诉你，你也不怎么懂，

因此，在我处于最黑暗的低谷时，

上天看到我灰头土脸的不堪样，

怕我真的倒下，

偷偷在我的头顶耳畔轻声说的……"

换个角度的爱

我心中她的形象开始淡漠了，

不怨，不气，也不恨了，

如白纸，如轻风，无感觉地飘过。

忽然，眼前蹦出一道闪光：

我居然还和她在一起呢，

惊诧吗？

我是不惊诧的。

她是几次伤过我心的，

我是深切地怨恨过她的，
也曾对她死过心了，
但我突然换个角度看了，
发现了一个新的世界：

"你现在荣光一片，
该不会甩了我吧？"
——她稍低着头，轻声地问道。
"哼，这一次，任何理念和力量，
都不可能使我放掉你了，
因为，在经历这么久的磨难后，
经历这么长久的思想斗争后，
对你，我已经不在乎美丑，
不在乎你的狠心与善良了，
也不在乎说不清的好与坏了，
现在，你就是我的唯一，
永久的不分开的恋人了，
对你，我只有一心一意、一生一世，
心无旁骛地专心相爱与拥有了！"

"那我之前对你的拒绝和打击，
你不计较了吗？"

"你是狠狠地伤了我的心，
使我们的爱经历了磨难，

但是，我忽然换个角度看了，

这何尝不是一件好事呢？

只有经过苦难之水浇灌的果实才更香甜，

只有经过决绝与撕心的摧折而终不断的爱才是最坚韧的，

我们如今的爱正是这样的，

这就是我现在最为珍惜它与你的原因！"

"那你不打算为了心理平衡而作弄我吗？"

"既然你是女神赐给我的，

而且历经了如此险恶的考验关口，

你来到了我的身边，

今后我们的爱坚如磐石，

我还有什么理由和心思找你麻烦，

拥有你，是我的真爱和最爱，

用今生的时光来疼你我都嫌不够呢！"

我们的泪花在空中飞舞、盘旋，

汇成了一条涓涓的小溪，

流淌的溪水奏出了只有两个字的乐音：

爱潮……

无爱的日子

无爱的日子，
就是无根的状态，
一切恍惚、飘忽不定，
像风一样轻飘飘的，
不沉稳，不安静。

无爱的日子，
心像被掏空了，
一切都不能激发兴趣，
一切都不能产生动力，
一切都像木偶般呆立、无神……

无爱的日子，
尤其在休闲的独处的时刻发生，
望着毫无生气的周围一切，
虚空无物的内心像台风掠过的大地般，
——苍茫破落……

无爱的日子，

像魔鬼瞪着大眼睛在执行着天命般冷酷无情，
没有光芒，没有希望，没有幻想，
没有一点点兴趣与热力……

她像遥远的星辰，不可伸手去摘，
她像冰冻的河流，不可融化……

她像 20 世纪的仙子，可遇不可求，
她像一个沉睡百年的大山，不可被唤醒，
她像游走在我时光大海里的鱼，干看着，捕不到……

望着她，我精疲力竭，
望着她，我精神软绵，
望着她，我没有一丝奢望……

她如此忽视我，
我何必如此想念她呢……
愿她一直都是对我无爱无情，
这样，今后她对我不会感到伤心或悔恨……

与魔鬼恳切地交流过

我的事业即将成功，
在这之前，我处于黎明前的黑暗时期，
我遇上了铁面无情的魔鬼，
猛然发觉它竟然这么冷静、客观、现实与理性，
第一次被它折服并顺应它了。

它告诉我：
"放弃她吧，
她其实对你无爱，
不但平凡，缺点多，
而且经历曲折……"
我心里一沉，
默默地点头，发呆……

下一句较扎心：
"走出对她的幻想的圈子吧，
她对你已经恩断义绝，
一点情分都没有，
不然也不会这么狠心地拒绝你……"

我如梦初醒，
惊了一身冷汗……

最后一句非常现实：
"可以找现实中你看上的女孩了，
只要对方对你也合眼和真心就行了。
你不是庸人，
应该拥有更好的更适合你的爱你的女子了……"
我木然地站着、听着，
不时地举手作揖……

此时，远处的鸡鸣了，
它向我告辞了：
"你好自为之吧！"
我点着头：
"你也快走吧，不送了。"
然后，下意识地，我摇着头，
不承想，竟然甩出了两行泪珠，
在空中飘飞……

当我喝了酒后

当我在外喝了酒，
在酒精的刺激下，
我骑着小单车，
在人烟稀少又宽广的街道边，
摇摇晃晃地往回走。
这时，一阵阵的兴奋将我推向峰顶，
一切的人世间的琐事在我迷离的眼睛下，
都变得渺小而虚无。

我的眼里，什么事都没有了，
我的心里，什么东西都进不去了，
亢奋与激动持续在充涨着我的神经，
这时，一个抑制不住的念头在疯狂滋长：
——我拼命地幻想啊，
——幻想一个娇羞瘦弱的身影，
——突然出现在我的眼前。

"你是谁啊？"
——我似醉非醉地抬头问道。

失
恋

157

"站稳点儿。"
——她上前扶着我，提醒道。
稀里糊涂地，
她推着我的小单车，
我跟在她后面踉跄地走。

"你为啥抢我的车子啊？
我呆了吗？"
——我翻着白眼，问道。
"你，就是呆了，
趁此，我还要抢你的心呢！"
——她头也不回地答道。
"我的心醉了，
偷它何用？"
——我诧异地问道。
"就是趁它醉时，
才能看到真实的情况。"
——她不紧不慢地答道。
"那我真实的心，
什么情况？"
——我似乎有点紧张地问询道。
"糊涂样，认不得我了。"
——她嗔怪道。
"认不得你？
那我还把车子交给你，为啥？"

——我茫然无知地问道。

"我是用人呗！"

——她笑了，答道。

"不，你不要看我喝了酒，

头迷糊了，

认为我认不得人了，

其实，告诉你，

无论在什么情况下，

我都有一件事是异常清醒的，

那就是始终都认得你，

始终都认定：

你是天上的仙女，

是下凡来帮助我的！"

她扑哧一笑：

"还清醒，

那就快点走吧！"

失
恋

酒后的心与灵魂

当我喝了酒之后，
一个人在路上走的时候，
我的如小鸟一样自由的心儿，
此时就要变成一个坚硬的鹿角，
它一个劲地顶撞着我的麻木呆板的胸腔，
发出语无伦次的急切之声：
"快走，快走，去找她……"

此时，我冲动的灵魂醒了啊，
它急切地想变成一只凌空翻飞的大鹰啊，
这个大鹰只做一件事：
立即拼命地往她的身边飞，
"我好想你啊！"

想 不 通

想不通，
我为什么就这么似乎永恒地，
——想着她，恋着她，离不了她？

我一直很自信我的刚强与自立，
可不知为什么在她面前，
就这么脆弱与不堪一击呢？

我也明知道，
她也是平凡的一员，
却为什么就不能跳出对她的爱与依恋的圈子呢？

她拒绝了我，
如阿美一样，且还更甚，
可我为什么还这么放不下她呢？

难道对她的爱，
真的深入我的骨髓，
真的升入天堂里，
刻在了宝殿的金碧辉煌的柱子上了？

161

风，徐徐地吹着，
轻拂着我对她的连绵的思念情丝；
阳光，和煦地映照在波光粼粼的水面上，
我对她的爱与等待的情啊，
缓缓地沉入泪珠般的水波里……

爱，是一件令人头疼的事

唉，爱，是一件令人头疼的事，
看起来是一件好事，
一旦接触到了，
就不愿意撒手了，
但是不撒手就能成功吗？
显然，没有这么简单。

唉，当初，在她拒绝我时，
我为什么就不能也一样立即收回这爱呢？
离开了她，
我的世界肯定依然会转，
少一些烦恼、空想，
不好吗？

我不在乎受到这些情感的打击，
我只考虑这样到底值不值，
唉，现在，考虑又有什么用呢……

失败，又一次成定局，
我将痛苦的感情换成了丰满的文章，
但面对这泪水浇灌的文章，
我笑也不是，
哭也不是，
日后成功了，可能是笑，
但她的失去，对我肯定是苦，
纵使她真的回头，
我也对她一肚子的猜疑与愤恨，
想到曾经的本心，想要接受她，
想到现在的她，想离开她……

唉，爱，真的是一件令人头疼的事，
原本这么好的事，
实则带给人的却是这么举棋不定
又好坏难分的结局，
离了，气消了，
但离了，心内又伤痛不已……

失
恋

诗 与 爱

生活中充满着诗，
诗像精灵一般闪烁着光芒，
又像眨着眼睛的花朵一样红润透亮。

诗像彩虹在天边划过那般精彩，
又带着太阳那般的温柔的热力，
当你的生活中充满着诗的身影时，
那你是一个被上天眷顾的人，
因为在你的生活中荡漾着幸福又甜蜜的波浪，
而这些波浪又来自一个躲在拐角的源流，
——爱，
来自天堂与淳朴本真的人间。

朋友们，如果你们处于这两个东西的包围中，
那你将是多么让人羡慕的啊！
因为你生活不但正常，
而且上进、向好。

我不能再与你说话了，

因为一想到我自己的境况，
一阵阵心酸噎住了我的嗓子眼，
我连一个常人都不如呀。

失魂落魄似的，
随便一坐在那儿，
就两眼呆滞，
一动不动，
什么事，
也进入不了眼中、心里……

我们的爱

我们的爱，
已岌岌可危，
走向崩溃的边缘……

我们的爱，
将来可能被敬仰，
因为有神灵的意志加入……

我们的爱，
将来可能被惋惜，

因为现在正走向失败……

我们的爱，
生在阳光下，
闪烁着真善美的光彩……

我们的爱，
充满着较多的无奈，
平凡的她太在意现实的条条框框……

我们的爱，
如二月里的豆蔻，
娇嫩、脆弱，经不起凄风冷雨……

我们的爱，
翻涌着我的至纯至洁至亮的心泪，
也激荡着她的单纯、任性与武断的盛气……

我们的爱，
终将在时光大潮的无情冲刷下，
大的可能破碎，小的可能成功……

我们的爱，
如果破碎，
从此，无语的上天将不会再见垂头的我……

放 到 一 边

把她放到一个角落吧，
不想她了，
想她带给我的不是幸福，
而是无尽的又无奈的痛苦……

把她放到一边吧，
就像之前我的生活里没遇到她那样，
没有期盼与希望，
也没有失望与灰心……

把她放到一边吧，
我要迎接久违的七色的阳光，
我要领略大自然的繁花的美景，
我要品味生活中曾被湮没的真情暖意……

把她放到一个看不见的地方吧，
就像打破一个沉闷落后的旧世界，
下点狠心、决心
和她对我一样的无情之心……

把她放到一边吧，

世界从来都是缺少任何人都能存在的，

我的世界从来就是只追我爱的与也爱我的人，

不管你多么高傲，

也不管我多么撕心裂肺地受煎熬，

我给过你足够反省的机会后，

你还是这么无动于衷、铁石心肠，

那么随便把你放到哪里，

我都问心无愧……

把她放到一边吧，

我的人生依旧能开创金亮闪光的事业，

我的身心依然沉浸于真善美的情潮里，

我的生活依然是挥汗如雨般地，

向爱、向美、向好前进着，

少了你的辅佐，

我可能会摔一个大跟头，

但是，我前进的方向不会变，步伐不会停。

水 晶 之 人

她是一个水晶之人，
刚刚诞生出来，
因而晶莹剔透，圆润玉洁，
不免也单纯、幼稚，啥也不懂……

她是一个水晶之人，
涉世未深，天真、散漫，又任性，
生性脆弱，经不起一点点磕磕碰碰，
受不了一点点人世委屈……

她是一个水晶之人，
一点点的成熟、韧性都没有，
一点点的风雨冲刷便模糊了眼睛与心灵……

她是一个水晶之人，
是天堂里的一盏小灯，
观音娘娘手里的花瓶……

她是一个水晶之人，
我是一个粗陋之人，
现在，我不敢也不想捧她、碰她了……

169

我 的 生 活

我的生活，
像被绳子拴住了一样，
步伐凝重，
彳亍难行……

我的生活，
像坠入了深渊一样，
仰头向上爬，
但头顶一片漆黑……

我的生活，
像被怪物吸干了血一样，
疲软无力，
蹒跚挪移……

我的生活，
像被神灵抛弃了一样，
没有了灵魂与光芒，
没有了热血与气力……

我的生活，
像刚刚经历大赚转眼就亏了血本的赌徒一样，
两手空空，
满目凄凉……

我的生活，
像被判了重刑的犯人一样，
没有了爱，没有了方向，
没有了自由，没有了一切生机与活力……

我的生活，
就像一个一步三摇的醉汉一样，
眼前一片迷茫，认不清道路，
心头没有一点头绪，随风跌跌撞撞……

失
恋

171

爱之大坝

曾经，在我的世界里，
有一个天然形成的大坝，
里面装着我对她的爱液，
这爱液如自然之雨露般感生于天地间，
因此，滚滚地从天而降，
汇聚于我的广袤的大坝里，
充盈漫溢着，
在醉眼蒙眬的春风吹拂下，
涌起层层叠叠的蓝色波浪……

一朝，天空电闪雷鸣，
她的一句拒绝的话语，
如黑色的利剑从空中劈向了我的脆弱的大坝，
汩汩的爱之泪水呜咽地泄了出来，
自此，裂缝慢慢地越淌越大，
坝里的水位也越来越低……

现在，大坝已经快见底了，
我的爱之血泪也快枯竭了，

这一直迷迷糊糊的思想啊，

现在，似乎有些清醒与明白了：

"什么爱不爱啊，

不要沉湎于幻想中了，

面对现实吧，

再大再多的爱啊，

都禁不住漫漫时间的流淌啊，

是时候考虑放弃她了，

走出人生的被陈旧把持的狭隘关口吧，

勇敢艰难地迈出这一步吧，

前方依然是广阔的绿色世界！"

我人生的爱的大坝啊，

在一点一滴地流着曾经的爱的血泪，

她曾经美妙的形象啊，

现在也如雾气般地在空中迷漫开来。

我的心已没有了呜呜的悲鸣了，

她也没有对我说一句话……

我的爱之大坝啊，

在现实的风暴里，

逐渐地模糊了，看不清了……

失
恋

剥　离

我要在我的时光里，
剥离掉她的印记，
尽管很难，
因为这印记很深很深，
可是我要忍着剧痛地，
去剥离，
我的今后的时光里，
不应有她了……

我要在我干枯的心田里，
挖出爱她的根，
尽管很撕心裂肺，
因为这根已经深入骨髓，
可是，我闭着眼，
挖破指甲，
也要挖出来，
不能爱她了……

我要在我的精神思想中，

剥离掉对她的依恋与爱，
我这么一条道走到黑地爱着她，
终究还是逃不过现实的残酷无情的摧折，
我曾自信满满地认为，
爱能冲破一切现实的阻碍与打击，
如今却被现实粉碎了。

我不得不放弃她了，
在现实里，
我无法拉到她的手，
剥离掉她的印记，
我的生活才可能正常，
让我先瘫倒下吧，
麻醉自己一下吧！……

失
恋

175

看 她

今后，我应该，
看她，如一块坚硬的石头，
她对我顽固不化，
无爱无情，
又冷又刻板……

今后，我应该，
看她，如一阵轻飘飘的风，
在我的人生里，
她只不过是一个匆匆的过客，
她对我只是一瞥，
并不过多地留意、在意与上心，
她不珍惜、不爱恋我，
就如风一般地，
无根、无牵挂地走了……

今后，我应该，
看她，如一个不讲武德的强盗，
她拿了我的火红的爱心后，

就转身头也不回地跑了，
留下破碎的我，
泪流满面，
蹒跚彳亍着……

今后，我应该，
看她，如一个完全陌生的人了，
她不给我爱，
我也对她不再爱了，
时光的长河里，
我们一个在东，
一个在西，
都是纯粹的、无情的、冰冷的人了。
……

真想对你说

真想对你说：
"我累了，对于你，
能让我轻松下来吗？"
对于爱你，
我一直是云里雾里的，

想放手又怕你回首，
徘徊不前，
不知何时是个尽头……

真想对你说：
"你我应该没有共同语言，
尽管我相信爱能打破一切，
可是你应该不属于此列，
你现在还单纯、幼稚。"
从来没有一件事这么让我煎熬和迷茫，
我想真的放弃你
……

真想对你说：
"我命里可能是欠你的，
你都这么决绝地拒了我，
我为何还这么放不下你呢？"
不是因为你美丽，
而仅仅只是我内心的卑微。

陌生的世界

空荡荡地，我走了出去，
漫无目的地走了半天，
再空荡荡地回来了。

汗流得不少了，
自然里的风虽在耳边有一点小呼声，
但还是没有一丝能震动我心的力道。

身体累，有一点，
但内心更累，
因为世界在我的眼里、心里，
已是瞬间的无物感，陌生起来了，
并且没有一丝丝的情感或情调。

不由自主地，
我深深地叹了一声："唉……"

时光里，虽然有阳光，
可是，我的心里感受不到一丝丝的光明，

眼前的自然景物，
没有一个能进入我孤独的心……
"唉……"又一声不由自主的叹息声。

当心中无爱时，
眼前，便没有了希望的光，
世间的一切便与我隔绝起来了，
陌生、无味、无奈、无力……
都不请自来了……

什么也引不起我的兴趣与注意力，
什么也不能推动我的生活车轮缓缓前行了，
一切都不认得我了，
我被世界孤立了，
我被扔进了麻木荒凉的原野了……

呆

骑行了一下午，
累了，
找一个安静的角落，坐下，
之后，便是发——呆。

想了很多东西，
可是毫无头绪；
想找出一些安定心灵的结论，
——没有。

想扔掉过去，
过去的情形不自觉地又跳跃般地闪现；
想做出一个狠心的决定，
又迷糊与连绵一片……

什么也想不出结果来，
什么决定也做不出来，
什么也不能从现实中得到，
只有静静地发——呆，
不自觉地进入太阳落山后的，
阴沉昏黑的迷茫的世界里……

失
恋

不 容 易

我的生活已走到无奈的地步了，
我的生活不容易啊，
——把她逐渐忘却掉，
——把她逐渐从心中移走。

她，在我的眼里，
已经留下了一个位置，
只要生活中出现了她的身影，
这个位置就会闪亮，
这已经成为一个惯常了，
现在，要将这个位置移走，
谈何容易？

她，在我的心里，
就如同扎下了庞大的根系，
对她的情，
就如蜘蛛网般繁杂，
想挖走对她的连绵的情丝，
谈何容易？

我不得不认了，
不想要她了，
她与我已经不可避免地分开了，
被现实逼着，
我要逐渐地将她从生活中移走，
将已经融入我血液与骨髓里的对她的爱化解掉，
虽然是真的不容易啊，
可是，我仍然要这样做啊……

我冷冷地，也不感慨地，
慢慢地将她移出我的世界，
肯定不容易的，
可是，我要尊重现实，
我要服从现实的安排，
因为我驾驭不了现实，
那么我就随现实的无情的风浪，
脱离掉对她的情感牵挂，
而麻木不仁地让其流走吧……

失
恋

释

怀

慢慢地抹去那个情思

我要慢慢抹去那个顽固不化的幻想，
我要咬牙抹去无谓的空想，
我要坚决地将她从我心中抹去，
——她不是我的人，不爱我，不关心我……

我要慢慢地抹去那陈旧的错误的思想，
抹去那些自欺欺人的可笑又可怜的思想，
我要开始一步步地在心里对她无情起来，
——她已与我不是同道了……

我要慢慢地在心中向天堂宣讲：
她不是爱神的使者，
我认错了人，
她亲口对我这么说的……

我要慢慢地抹去她在我心中的形象，
我在错误的时间，
错误的地点，

遇见了一个冷漠高傲得看不清脸面的她……

我要慢慢地抹去爱她的情思，
我要返回真实可爱又热闹的现实世界，
我要在真实的属于我的时空下，
顺其自然地遇上与接受等我的美好的人……

不 怪 她

我放弃了她，
不再爱她了，
因为她应该是不爱我的。

在这个过程中，
我付出了很多情，
受过一些折磨，
但是，现在，我认为：
这些不怪她，
只怪我。

只怪我，
被她的外表迷惑而不能自拔，

只怪我太盲目自信，
认为自己以后多么辉煌加灿烂，
也怪我不理睬现实，
只是一厢情愿而不自知。

我不怪她，
尽管我受到了一些精神打击，
这些纯粹是我自找的，
——我认不清自己，
——认不清现实。

我不怪她，
我彻底地放弃了她，
原谅我对爱的执着与珍惜的心，
我不是坏人，
只是一个痴人……

释
怀

告 一 段 落

生活，我想要与你告一段落，
也就是我要离开你一段时间，
因为过去的日子我太熟悉了，

而我心中又不想过这样的日子，
——我不想面对，也难以面对这日子……

如果，能脱离这时光，
我第一个报名脱离，
这时光虽带给我美妙，
但又带给我痛苦，
现在，我看到它，泪如泉涌……

如果，能脱离这个大地，
我也同样地毫不犹像地离开它，
它带给过我甜蜜的物质享受，
也留下过我苦涩的爱的足迹，
现在，这爱没有了，
我难以面对与站立在这个大地上了……

如果，能脱离这个生活，
这融入了我挚爱的生活啊，
装着的尽是我的美妙的情思，
与现在的失败结局啊……
这广阔无边的天网般的生活啊，
能不能将我送到一个无人的荒岛上啊，
我要与世无争，与爱无求……

让我与现在的这个生活告一段落，

我想脱离这个生活，
我想清静一下内心，
我想返璞归真，无欲无求，无忧无虑，
如一个孩童幼稚、烂漫、纯真……

相忘于江湖

我曾经遇见过你，
深深地被你吸引，
不可阻挡地爱上了你，
爱得忘乎所以，迷失自我。

你终究拒绝了我，
而且是多次地、狠心地拒绝了我。
于是，无可奈何地我无望于你，
我的心里是有些反复不舍，
失望笼罩着我，
纵有万般不舍，
终于还是决定——忘了你。

我曾经对你的爱，
像昙花，又像彩虹一般，

释
怀

在天幕上划过一道七色的光芒后，
消失在可望而不可即的天边……

从此，茫茫人海中，
我们是两条相交后又分开的直线了，
——你走你的，我走我的……

但我心中还有一件事情没有了结，
就是关于你在我心中爱的使者的身份问题，
我不知道怎么回复爱神，
——你是使者呢？
还是……？

这个问题，
超出了我的能力范围，
应该是时间、现实与爱神共同商议决定的，
我能做的，只是现在，
——与你相忘于江湖，
陌生、无缘、无爱、无情……

收　获

如今，我终于与你断开了，
表面上，我已经失败了，
因为我们的爱没有了，
但实际上，我也有收获。

你虽然拒绝了我，
使我悲伤，也使我冷静，
之后，我平静地看到了你
——你的平凡、寻俗、不出众。

在我对你有些不舍存一点牵挂与关注后，
你的冷漠、无情与决绝，
使我现在真正地看清了你对我的心，
——真的不在意、不在乎。

现在，总算正常了，走出了情感的泥潭，
我默默地抿了抿嘴，
能认识到失败，
本身也是一种收获啊！

释

怀

而且，我可能还有一个收获，
就是在我光亮之后，
我现在有了选择的自由后，
那么更适合我的，
我也喜欢的爱可能会姗姗而来……

没有那么难

这个世界上，没有什么极致的难，
当你遇到这个所谓的极致的难时，
那么，不是难本身是真的难，
而是你本身出了问题，
——你钻牛角尖了，
世界上的事没有那么难的。

在追她的爱上，
我开始使尽了浑身解数，
从不同的角度，
都尝试了个遍，
依然不成功，
那说明追她遇到了极致的难，
——不，此时应该是我不应该追她了，

——她，不是我追的人了，
追一个人没有这么难的。

算了吧，别了吧，
过去与她，
心平气和地向前走吧，
不远处就是豁然开朗的一片新天地了，
那里鸟语花香，温馨浪漫，春风拂面，
等你的、伴你的、助你的人与事，候你很久了……

艰难的一步

释
怀

在我现在的人生阶段里，
就有这么一步非常艰难，
——是还想挽回她呢，
——还是彻底地放弃她？

在路上，只要看到有一点儿像她的，
哪怕是侧容，
哪怕是戴着眼镜的小女生，
我的心都禁不住咯噔一下，
——我心颤抖啊，舍不得她啊，

如果能有一丝一点的唤回她的机会，
我都会紧紧地、牢牢地抓住的啊……

可是，在绝大多数情况下，
我依然是两眼空蒙，
见不到她的一丝一毫的真人与模样啊……
自然地，我就想了，
——失去她后，
可能还有真爱我的女孩吗？……

人生往往，就在某一步，
是异常彷徨与动荡不定的，
往前走，似乎光亮就在远方，
但若真的想往前走时，
又下不定最后的决心，
又觉得有点无情、绝情和可能后悔；
往后顿一下，
似乎也未尝不可，
说不定还能等到那个难以舍掉的人呢！……

或许，这一步，又不是自己能做主的，
而是现实，
现实的大浪，
有时会推动我们被动地前进或倒退的，
由不得我们的心想、手动与腿动的，

人生，在很多情况下，
都是现实给出我们的结果的，
在很多情况下，又是正常的，
甚至是美好的……

因此，这艰难的一步啊，
就交给现实吧——
我也只能这么做了……

好与美在哪

释
怀

世上，肯定有最好、最美，
但是，它们在哪里呢？
它们就在生活里，
——在爱里。

曾经，她在我的眼里与心里，
是至高无上的最好与最美，
我从不怀疑她的美丽，
也不动摇她在我心中的位置，
可如今，我发觉我的世界里，
有比她更美、更好的女子在。

是我见异思迁了吗？
当然不是，
是她不爱我，
是她使我对她冷了心，
从而使我清醒了，
换句话说，
我也逐渐不爱她了，
从而她也就不是最美、最好的了。

因此，当有爱时，
爱人就是天下最美、最好的人，
所以，最好、最美就是在爱里的，
有爱的生活就是最美、最好的生活。

每天都是新的世界

世界，随着时空的变化而变化，
因此，每天都是新的模样，
每天，都是新的人、事和环境，
那么，世界上的人也是每天不同往日的。

什么都可以被打破，

什么都可以被抛弃，
什么都可以被否定，
什么都可以被确立。

没有什么放不下来，
没有什么不能舍弃，
没有什么非要坚守，
没有什么永恒存在，不可更改。

她，我要爱吗？
爱，又怎样？
她是我的恋人吗？
不爱我，就要决绝放弃。

她，还要等吗？
可以不等，
她已与我断绝，
一切已经没有关联。

她，是我的世界中的外人，
与我已经陌生。
她，是我的世界中新来的人，
——转瞬即逝的新来的人。

没有她，我的生活依然能正常，

释
怀

没有我，她的生活应该也是如我这样。
我可以爱她、等她，上天堂、下地狱，
我也可以忘记她、远离她，稀松平常，
因为世界告诉我：
世界的一切都在变，
当我的外界在变化时，
我必须也要变化，
——世界每天都呈现新的模样。

远 离 你

我曾忍不住地爱着的人啊，
现在，我决定向现实低头，
我对自己痛心地说：
"我要远离你……"

我曾为之煎熬内心的人啊，
在这个广阔无边的人世里啊，
我决定对自己狠心一些：
"我要放下拉着你的手了……

"再见了，我曾经热爱的女孩，

你也忘了我吧，
今后，关于我的一切成功或失败之事，
请你不要关心，
忘了我，就如我们之前未遇见时的那样。"

别了，我的女神一样的女孩，
我要远离你了，
但是，无论怎样，
我都是真心希望你过得好，
愿你走上美丽人生，
愿你幸福、美好。

释
怀

黯淡的时光

今天，多云、大风，
天色黯淡，像褪了色一般，
时光也如薄纱般无力地随风，
在水波上轻轻地颤动着，滑过去，
——没有内容，没有实质。

我的心也如时光般无奈、无绪与被动，
对于她，她与我的关系，

——实质上已经没有了多少关系，
我虽然还会在闲静时想起她，
但是已经近乎无力与幻想了……

放弃她，有些于心不忍、不甘，
可是我又不能左右她，主宰她的心，
她对我的心如今天的大风般不可被挽留，
她对我的爱已是明日黄花般干瘪了……

愿大风减弱一些吧，
愿阳光轻柔一些吧，
愿天气凉爽一些吧，
愿时光光明一些吧，
愿她日子流水般平静吧，
愿她人生幸福，
但我最大的愿望还是，
愿我们能峰回路转。

累

我很累，
不但我的身体，

而且我的内心，
但这些对于我，
都无所谓，
我一点也不介意。

可是我见不得你累，
尤其是，
见不得你，
受是否爱我的情而累……

爱不爱我，
其实是一个简单的问题，
你受累，
我心酸，
酸的是你认为我并不理想……

释
怀

现在，
我累了，
倒下了，
我们的累，
都将不存在，
我们都将回到，
自由又崭新的世界……

往后的生活

我往后的生活里，
不排除，我可能找她，
也不排除，她可能找我……

我往后的生活里，
有可能，她接受我，
也可能，她不接受我……

当然，我往后的生活里，
有可能，我接受她，
也可能，我不接受她……

我往后的生活里，
要么，我爱她，
要么，我放弃她……

我往后的生活里，
要么，我拥有她，
要么，我与她分离……

我往后的生活里，
要么，她依然是我的神，
要么，她是我的路人……

我往后的生活里，
要么，是一个我与她在一起的完整世界，
要么，是一个我与她分开的不完整的世界……

一念之间

释
怀

爱她，与不爱她，
只在一念之间，
似乎，很容易，
并没有多么大的鸿沟。
以往，心中失去她，
不敢想，
想起来，
如无数的魔鬼，
对我张牙舞爪……

现在，想到她，
对我的无视，

自然地，
我也竟顺顺当当地，
气起她来了，
自然地，
也就想到了，
放弃她了……

她，太不成熟，
她太让我生气，
故意地，或无意地，
搞不清楚，
但已不要搞清楚了，
你可以关心别人，
就是可以不关心我……

因此，冷冷地，
我决定
远离她了，
很自如地，
不需要下多大的决心或勇气了，
就在轻轻松松的一念之间，
倦眼蒙眬的情况下决定了……

安 慰 自 己

之前，我对她总是连绵的爱，
用尽我能有的一切来爱的东西：
精力、物质，
耐心、容忍，
幻想、希望，
言语、情诗。
通过一切明的显示、暗的启示，
倾注了一切的我的热情、行动与柔弱的时光，
经历了一次次的忐忑的期望、等待与突然的失败，
现在，终于被逼着有些清醒了。

之前，我一直总处在自己的对她的幻想中，
总认为她对我还有些感情的，
总是不能正面地、全面地、冷静地认清这个爱，
总是不能放下对她的可怜的甚至可悲的单方之爱，
现在，一个突然的灵光间，
我感悟到了，
——其实，她对我真的没有什么深爱，
可能，她真的幼稚，不懂什么，

够了，我的一颗这么长时间吊着的心，
现在终于可以放下来了，
我能说服自己，
安慰自己倔强顽固的心了，
——放下她，让她走吧……
我不希望这个爱失败，
我不希望成惋惜，
我不希望流泪、悲伤、寒冷，
——可是，我无法阻止现实的残酷打压……

放手吧，
她原来就不爱我，
一直也不爱我，
毫不犹豫地伤我，
——她，不是我的人……

长长地舒了一口气，
心，能平静、放松一下了，
好吧，别了：
我的曾经的人，我的过去，
我的颤抖不已，现在安定的、可怜的心……

战 胜 自 己

我的生活要想正常，
迎接阳光，沐浴新鲜空气；
我的生活要想进入新天地，
见识新的秀美山川、温馨风情；
我的生活要想更上一层楼，
获得本应拥有的幸福、甜蜜的花果之香，
似乎，只有——战胜自己。

释
怀

现在，我才深深地体会到，
战胜自己，
是多么难以做到的事，
现实中冷静的我
要打败心底里的对她有爱的思想的我，
这与自戕、自残没啥区别，
我的内心依然有一些闪动着她的形象的思想，
一时消除，不可能，
以后能不能消除，不确定，
现在，似乎只有交给冷静公平的现实了，
能不能战胜自己，

脱离她，
不清楚。

她在我的心里，
如同神的信息进入我的血液与灵魂，
能不能清除掉，
真的，只能看神了，
我，现在，躺平了，
与神抗，不可能，
与现实抗，会，但结果不由我，
能不能战胜自己，
获得新的更好更美的爱，
只有看以后的时光了。

难受，我自己做不了自己的主，
可怜，我懦弱，不坚决，不狠心，
——不像英雄，
唉，美，爱，原来是煎熬的东西啊，
一方面好，令人向往与争取；
另一方面又折磨人，
令人举棋不定，不能做主。

烦，听从命运的安排吧，
日后，真的分离，不关我的事；
真的与她在一起，

闭着眼，什么也不管……

能不能战胜自己，
我只负责尽量去做，
结果不是我决定的……

自　然　变　了

之前，想起了她，
涌起的是不太切实际的幻想，
平淡的希望，
有点小波澜的期望，
与有点小兴奋的等待……

现在，想起了她，
不愿意想了，
想起来就是没有结论的迷茫，
纠缠不清的烦恼，
以及对她丝丝缕缕的恨……

现在，就想忘了她，
从我的世界、生活与内心中。

释
怀

她带给我的，
一直都是无情无爱的冷漠，
我受够了她对我的伤害，
不想想起她了……

她，会后悔吗？
可能吧，
后悔又怎样？
一夜之间就对我产生了漫天的情爱？
希望她能幸福，
希望我能咬着牙默默地看着她幸福下去……

主 动 放 手

对她，我主动放手，
在爱上，我主动放弃了，
这不是我的本性所为，
可是，面对她，
我现在已经无欲无求了……

实际上，我一直都是有方向地活着的，
是有理想、有追求的，

包括，在爱上，
我都是习惯性地主动出发，
可是，在对她的追求上，
我放弃了追求的权利……

她，让我知道了真正的困难
与冷漠的无情，
如山一般地坚硬与不可攀，
我的生活封堵了对她的追求之路，
我自豪火热的思想与信心
在她面前冷却了……

她，曾经，在我面前，
任性得近乎嚣张，
现在，我不管她，不看她了，
她与我已经天各一方了，
她不让我管，
现实也是这样，
我只能主动地放手了……

释
怀

213

挥一挥衣袖

现在，豁然之间，

我轻松多了，

对你，

我不再有连绵的怨气了，

我不再对你妄求了；

对你，

我不再幻想与期盼了，

不再打你的主意了，

不再爱你、追你了……

你是一个正常的女孩，

你是一个应该活泼、自由的女孩，

你是一个应该一切自我做主的女孩，

你对我不上心，

你对我不喜欢，

你当然自然可以拒绝我，

我当然自然一定要接受，

哪怕是逼着自己……

现在，我有些许心里顺畅了，
不再对你抱有不切实际的爱恋之意，
对我也是一个解放，
如一块巨石，
终于轰然落地了，
你依然过自由欢快的生活，
你有你自由的追求，
我也有自己的自由与新鲜的空气，
我们陌路，各过各的生活⋯⋯

我想，以后，
如果我们不期相遇，
我应该能正常地坦然一笑，
对你，
真诚地，挥一挥衣袖，
一路走好⋯⋯

释
怀

在我的心中，
我不怪你，
也不怪爱神，
怪，只能怪我的急切之心，
以及迷糊的双眼，
不过，对于我的这份认错了的爱，
我依然不认为是错的，不应该的，
我的内心里，

你依然是纯洁的、美丽的，
是我的心、我的宝贝！
我会将它好好地珍藏在心底里，
让真善美的光芒永远照耀着它——
无论如何，
你是美与爱的结合啊，
是被我发现与捕捉到的，
且被记载下来的闪光的东西啊！

轻松的生活

生活，当然并不是一帆风顺的，
但是，生活也并不全是牛角尖的，
总体来说，
生活应该是轻松的，
但往往我们中的某些人，
陷进生活情感泥沼里，
不能自拔，
从而看不清生活全貌，
而一条道走到黑地，

撞得鼻青脸肿，

还一无所获……

谁都有感情，

感情又是很容易变化的，

看不上你，

你就不要继续求了，

越求，她反而越发厌恶你，

实际上，你并不是如此之差，

只是你勉强感情了，

你珍惜感情，不错，

你也可以等待，

但不可以前进与尝试。

实际上，生活与世界太宽阔了，

任何一个顶尖的人或事，

都有可以与之相般配的顶尖的人或事存在，

你之所以未遇到，

只是你目前的圈子与范围狭小了。

走出来吧，

广阔、自由、任鸟飞的世界里，

有你最想的、最美丽的，

也是最适合你的人与事在等着你——

挣脱对你不在意的不适合的人与事吧，

释
怀

生活是阳光灿烂的，
任何好的都有同样好的东西相配的，
任何差的也都有差的东西与之相配的，
很不成功的事，
经过多次努力依然不成功的事，
就放手吧，
差距较大，
吸引力太小，
不必非要吊死在这里。

轻松吧，
脱离这个情感牢笼吧，
相信吧，
你若优秀，
定会有同样优秀的东西，
适合你，等着你，望着你。

天真的时候

人，有天真的时候，
那时候的人，
很傻，很自欺欺人，

选择性地忽略现实中的困难，
虚浮地幻想美好。

我也有过这样的时候，
之前，爱她时，
她的一切完美无缺，
没有瑕疵、不足与缺陷，
实际上，有时，我也知道，
她有薄弱之处，
内外都有，
但我天真地认为，
我不在乎，
我能消弭与融化掉这些不足。

现在，我终于明白，
现实中，这些无法弥补，
她就是因为这些不足，
没有如我一样的理想，
才与我不在一个立场观点上，道不同，
从而看不上我，
我努力了几次，
均告失败。

我是舍不得失去她的，
可是她的心里没有我，

释
怀

这冰冷残酷的现实，
我现在才领悟出来，
勉强是不可行的，
单向的苦等也是枉然。

天真，本质上，还是自私在作祟，
是闭着眼，在骗自己，
终还是逃不过失败的结局。

她，像带刺的玫瑰一样，
对我满是尖锐、刺人的样子，
我，只能退避三舍，
不过，尽管我受伤了，
但是，我毕竟付出努力与心血了，
我对得起心中美好的爱了，
我不后悔。

做一回狠人

你对我做了这么多回的狠人，
那么，我也来做一回狠人吧。

今后，在我闲暇时，

我将力争不有意、不主动地念起你，

就像你不曾来过我的世界里……

今后，在我的思想空白想放松的时候啊，

我将力争不设想，

——不设想你可能的后悔、可能的痛苦，

即使你真的这样，

我也要逼着自己冷漠对你，

就像对待一个完全陌生的人一样……

今后，我要做一回刚强的狠人，

哪怕面对高高在上的威严的爱神，

面对她的可能低头对我的替你说情，

我也要咬紧牙关——三缄其口……

我要做一回狠人，

在面对你今后的一切情况时，

你曾毫不留情地、多次地撕碎了我的心，

我对你的心已经冰凉到了寒风呼啸的谷底了，

我对你已经不再幻想、期盼与等待了，

你在我的世界里，

我对你的态度，

除了陌生，

就是无情，

释怀

221

我与你的距离，
就如在两个世界，
纵使我想向你伸手，
天大的鸿沟也会使我鞭长莫及……

做一回狠人，
我要对自己狠心，
——忘记你，
——不牵挂你……

做一回狠人，
与天地为伴，
不要什么爱了，
不要什么情了，
像木偶或魔鬼一样麻木，
像酗酒者一样醉生梦死，
如果能够清醒的话，
就一步一步地离开眼前的世界，
去往远方的一元复始的新世界……

做一回狠人，
做一回固执己见的人，
不听上天的委婉的劝说，
不做情理感性的奴隶，
不做模范或听话的好男人，

只做不讲道理的冷酷之人，
不向着火热的太阳了，
也不向着柔弱清澈的月亮了，
彻彻底底地一头栽进苍茫的大地里，
成为一个呆人、傻人，
像树木一样在风中摇头晃脑，
沙沙作响：
"你是谁啊？
我不认识你……"

还给爱神

我慈眉善目的爱神啊，
我不得不抬起头，
忍住内心如狂涛的悲情，
对你吞吞吐吐地说：
"我还是把她还给你吧……
在现实中，
我与她分开，
犹如在两个世界中。
感谢你赐我遇她、识她、爱她的机会，
感谢你的巨大的关怀！"

我圣明的爱神啊，

我不得不对你说：

"今后，在我的心中，

我将开始遗忘她，

尽管我对此万般不舍，

但是得不到她的爱，

我只能这样了，

我的思想中，

将把她还给你了……

见识过她，

对她动过爱的心思，

她也可能短暂地爱过我，

现在，我知足了，

感谢你让我与她相处过！"

我公平的爱神啊，

这辈子伟大而看重我的爱神啊，

我真的无能为力了，

真的是万念俱灰了，

真的是迫不得已了，

真的是不想这么说，

而被现实拖着这么说了：

"把她还给你……

我见不到她的面，

听不到她的声，
有的只是往昔的拒绝之音……"

前 进 了

现在，在对她的爱上，
我前进了，
即接受她可以，
不接受她也可以。

要知道，之前，
我是心里不能接受不爱她的，
不敢想象不接受她的，
若这样就如跌进无底的深渊……

之所以现在能接受不爱她，
是因为在她的无情的拒绝后，
长时间地对她的不了解，
产生了不可避免的迷惑与疑虑。

她的平凡，我不在意，

释
怀

她的伤害，我也可容忍，
但对她的不知晓其内心的事，
像寒霜一样冰冷了我的 一腔火热之心……

一味地容忍，空洞地设想，
会使人滑入错误的道路，
而不醒悟。

时光匆匆，
生命中的重大事情很多，
生命中哪来那么多无谓的等待？

如果，生命中，出现了闪光的属于我的东西，
——如美妙的新爱，
那么，我没有理由再拒绝不取了。

生命匆匆，
爱情匆匆，
奋斗与创造匆匆。